ベティ・ニールズ・コレクション

プロポーズ日和

ハーレクイン・マスターピース

東京・ロンドン・トロント・パリ・ニューヨーク・アムステルダム
ハンブルク・ストックホルム・ミラノ・シドニー・マドリッド・ワルシャワ
ブダペスト・リオデジャネイロ・ルクセンブルク・フリブール・ムンバイ

COBWEB MORNING

by Betty Neels

Published by Harlequin Japan, a Division of K.K. HarperCollins Japan, 2025

ベティ・ニールズ

イギリス南西部デボン州で子供時代と青春時代を過ごした後、看護師と助産師の教育を受けた。戦争中に従軍看護師として働いていたとき、オランダ人男性と知り合って結婚。以後12年間、夫の故郷オランダに住み、病院で働いた。イギリスに戻って仕事を退いた後、よいロマンス小説がないと嘆く女性の声を地元の図書館で耳にし、執筆を決意した。1969年『赤毛のアデレイド』を発表して作家活動に入る。穏やかで静かな、優しい作風が多くのファンを魅了した。2001年6月、惜しまれつつ永眠。

主要登場人物

アレクサンドラ・ドブズ……………集中治療室の看護師長。
アンソニー・フェリス………………アレクサンドラのデート相手。
ターロ・ファン・ドレッセルハイス………医師。
ユーフェミア・スラムズ………………ターロの伯母。
ペニー・ブライト……………………記憶喪失の女性患者。
ピーテル……………………………ファン・ドレッセルハイス家の執事。

1

病院の食堂はがらんとしていて、一つだけ使われているテーブルを給仕係が遠巻きにまわっては、当てつけがましく周辺のテーブルをふいていた。テーブルについている三人の女性は、ちらちらと給仕係の方を見やりながら、ありきたりではあるが栄養たっぷりのフィッシュパイをほおばっていた。今日のメニューで残っているのは、このフィッシュパイだけだ。

給仕係が女性たちをにらんで言った。「デザートなんて、もうありゃしませんよ。あるのはビスケットのチーズ添えだけ」

三人のうちでいちばん年かさらしい、看護師長の制服を着た痩せ型の女性は、不機嫌そうに眉をひそめただけだった。その女性の正面に座っている小柄で愛らしい女性は、やはり師長の制服に身を包んでいるものの、どこかまだなじんでいないようすだ。申し訳なさそうな顔で、お気遣いなくと給仕係に声をかけた。三人目の女性の反応は、ほかの二人とはまったく違っていた。彼女は利発そうなまなざしを給仕係に向け、元気な声で、だったらチーズとビスケットを持ってきてちょうだいと頼んだ。「それから、紅茶をポットでいただいてもかまわないかしら。いいでしょう、バーサ？」

彼女の愛嬌たっぷりのほほえみに、気むずかしいバーサもつい笑みを返した。そして、布巾を下ろし、ぶつぶつ文句を言いながらも、頼まれたものを取りに行った。注文した看護師は椅子の背にもたれ、残る二人を相手にまたとりとめもない話を始めた。

彼女は美しかった。なめらかな白い肌。瞳と同様、ほとんど黒に近い豊かな髪。形のいい鼻はほんの少し上を向いている。その下には、ふっくらとした唇と気の強そうな顎。背は高く、体型はがっしりしている。スタイルがいいので、制服も着映えがした。彼女の制服もまた看護師長のものではあるが、ほかの二人とは少し異なっていて、明らかに仕立てがいい。さらに、シニョンに結った髪のてっぺんにはギャザーを寄せたキャップをかぶり、紐を顎の下で結んでいる。そのキャップはロンドンのある有名病院のものだった。前世紀の遺物のような代物だが、彼女にはとてもよく似合っていた。

ビスケットのチーズ添えと大きなポットに入った紅茶は、テーブルに運ばれたとたん、またたく間になくなり、三人の女性はせわしなく腰を上げた。すでに時刻は二時だ。十一月の午後の空には灰色の雲が垂れこめ、いっそう陰鬱な夕暮れの訪れを予感させる。

広くわびしい雰囲気の食堂を出るとき、アレクサンドラ・ドブズは手入れの行き届いた手で、顎の紐の蝶結びをじゃまにならない位置にずらしながら、窓の外に目をやった。見るべきものはなにもない。目に入るのは、増築を繰り返した不ぞろいな病棟群とまばらな木々だけだ。アレクサンドラは早く自分の病院に戻りたかった。遠くからにぎやかな車の往来が聞こえる病棟。夕方、勤務が終わってからは、看護師長専用の休憩室で楽しいひとときを過ごす。いや、内科の専任医、アンソニー・フェリスと一緒に食事に出かけることのほうが多いかもしれない。

三十歳の若さでめざましい出世を遂げているアンソニーは、最近アレクサンドラに、これから先の人生を君とともに歩みたいとほのめかすようになった。実際アレクサンドラも、彼と結婚しようかと考えることもあった。十年前、十七歳になったころから、結婚を申しこんでくる男性はあとを絶たない。アレクサンドラはどれも丁重に断り、現実の可能性として考えることはなかった。けれど、アンソニーは違う。野心家の彼には、将来開業して高収入を得るという目標があり、それにふさわしい伴侶を得たいと考えている。これまでアンソニーをたきつけるようなことをいっさいしてこなかったのは、アレクサンドラ自身、自分が彼の妻にはふさわしくないように思えてならないからだった。

だいいち、現実の問題として考えてみると、そもそも彼と結婚したいのかどうかも確信が持てない。子供のころの夢にいまだにとらわれているのは、愚かなことだとわかっている。二人を知る者は口をそろえて、アンソニーはお似合いの相手だと言う。それでもアレクサンドラは、この世のどこかに、自分を待っているただ一人の男性がいるような気がしてならなかった。みじんの迷いもなく結婚したいと思えるような男性が。

今、ほかの二人の看護師長とともに集中治療室へ向かいながら、まだ見ぬ運命の相手のことはすでにアレクサンドラの頭の片隅に追いやられていた。この病院のICUは最近新設されたばかりだった。病院自体が田舎町とその周辺地域を対象にした小規模なものなので、ICUといっても、ベッドは二つだけだ。とはいえ、このICUこそが、まさにアレクサンドラがここに来た理由だった。これまで数年間、彼女はロンドンのセント・ジョブズという大病院で、ICUの看護師長の激務をこなしてきた。今はこの病院のスタッフを指導するために出向している。しかし、相手のバクスター師長には、指導されるつもりはまったくないようだった。ICUの担当になるのがいやだというわけではなく、だれからも、どんな教えも受ける必要がないと思っているのだ。

一方、ピム師長のほうはまだ年も若く、経験も浅く、バクスター師長を恐れていた。今日はアレクサンドラがここに来て三日目だ。午前中にはセント・ジョブズ病院に戻るはずだった。しかしアレクサンドラは、バクスター師長がこの任務を果たせるかどうか判断すべき立場にあり、どうしても不安をぬぐえずにいた。ピム師長もひたむきだが、経験不足は否めない。そもそも、この職務につくのに十分な資格があるかどうかも疑わしかった。もっとも、一人ならきちんと仕事をこなせるのかもしれない。バクスター師長がそばにいると、彼女の顔色をうかがって、完全に言いなりになってしまうのだ。

残念な話だ、とアレクサンドラは思った。彼女自身は、生まれてこのかた一度たりともだれかの言いなりになったことはない。というのも、兄一人と弟二人の男兄弟に囲まれ、自己主張せざるをえない環境に置かれていたからだ。かわいい娘が木に登ったり、魚のように自由自在に泳いだり、なにをするにも兄弟たちに負けまいとがんばっている姿を眺めながら、母親のミセス・ドブズはときおり我が子の将来を案じたものだった。

しかし、アレクサンドラは母の心配をよそに、美しく気立てのいい女性に成長した。教会のバザーをはじめとする地元の催しに進んで協力し、子供たちにはやさしく接し、偏屈な老人たちにも持ち前の忍耐心でいやな顔一つせずに応対した。そんなアレクサンドラがなぜ結婚しようとしないのか、ミセス・ドブズは不思議でならなかった。アレクサンドラは看護師という職業に情熱を燃やし、結婚などまったく考えていないように見えた。だが、ごく最近、ミセス・ドブズもかすかな期待を抱きはじめていた。アレクサンドラがアンソニー・フェリスの話題を口にすることが多くなったからだ。根っからのロマンチストであるミセス・ドブズは、すでにウエディングドレスのデザインなどに思いをめぐらせていたが、娘に知られないよう、その期待はひそかに胸にしまっていた。

午後はあっという間に過ぎ、黄昏は夜の闇へと変わった。バクスター師長はピム師長を連れてお茶を飲みに行った。二人が戻ってくる時間には仕事から解放される予定のアレクサンドラは、ＩＣＵをあとにする前に最終確認を行っていた。そのあと、総看護師長に挨拶に行かなければならないが、そう長くはかからないだろう。今夜のうちに荷造りをして、明日は朝一番の列車でロンドンに帰ろう。アレクサンドラはそう考え、ほっとした。

二人が戻ってきて、アレクサンドラがいよいよ出ようとしていたそのとき、外から車の音が聞こえた。車は猛スピードで走ってきたかと思うと、病院の門のところで急ブレーキをかけた。続いて、あっという間に病院の廊下をこちらへ進んでくる足音が響いた。なにやら命じる男性の声がする。アレクサンドラは年老いた用務員が気の毒になった。自分のペースで仕事をすることに慣れているのに、今回ばかりはそうさせてもらえないようだ。

数秒後、声の主が戸口に現れた。とても背が高く、たくましく、腕に抱いている意識不明の娘の重みをみじんも感じさせない。男性は一瞬足をとめてから、ＩＣＵに入ってきて、挨拶もなしに言った。「責任者はだれです？」

バクスター師長が、ありったけの威厳を全身にみなぎらせて答えた。「私です。ここは救急施設ではありません。この病院には救急外来はないんです。急患でしたら――」

師長が最後まで言いおえないうちに、男性は娘をそっと診察台に横たえ、その顔をのぞきこんだ。

「わかっています」彼はいらだったように言った。「だが、彼女は交通事故にあって、すぐに人工呼吸器をつける必要があるんです。十キロ先の病院まで行って、そこの救急外来に、前の病院に戻れなどと言われるのはごめんだ。すまないが、当直の医師を呼んで、手を貸すように言ってください」そこで思い出したように言い添える。「私も医師です」

彼はいらだちを隠そうともせずにバクスター師長をにらんだ。その青い瞳は続いてピム師長に向けられ、さらにアレクサンドラにそそがれた。ハンサムな男性だった。おそらく三十代だろう。まっすぐ通った鼻筋に、表情豊かな口元。髪は銀髪交じりだが、若いころはさぞ美しい金髪だったに違いない。アレクサンドラは男性の特徴をとらえながら前に進み出た。ここは自分の職場ではないが、バクスター師長は融通がきかないし、ピム師長も今のところはなんの役にも立ちそうにない。

アレクサンドラは男性に向かって静かに言った。

「呼吸器はケープ社製がいいですか？　短時間でよければ、バード社のものもここにあります。患者の容態は？」驚愕の表情を浮かべているバクスター師長を無視し、ピム師長の方を振り返る。「ドクター・コリンズを呼んできてくれる？　今夜は当直のはずだから」

アレクサンドラはその見知らぬ医師とともにケープ社製の人工呼吸器を手早く準備した。数分後、ピム師長がドクター・コリンズを連れてくるころには診察の準備も整い、二人の医師は仕事に取りかかった。意外なことに、部外者の医師が患者の診察の主導権を握ろうとしても、ドクター・コリンズはなんの異議も唱えようとしなかった。もちろん規則違反だが、医師が自己紹介すると、ドクター・コリンズは敬意をこめてなにか言った。残念ながら、アレクサンドラの耳には届かなかった。だいいち、今はそんなことを気にしている場合ではない。患者の容態はかなり深刻なものだった。

年はまだ若い。おそらくは十八、九だろう。とても美しい娘だ。もっともその美しさも、顔色の悪さと髪にこびりついた血のせいでだいなしになっている。頭蓋底骨折を起こしているに違いない。治療にはかなりの時間と労力を要するはずだ。それでも、人工呼吸器はすでに効果を発揮し、患者に代わって肺に酸素を送りつづけていた。

二人の医師はなにやらつぶやきながら、丁寧に診察を続けている。手のあいたアレクサンドラは、周囲を見まわした。バクスター師長は、備品ののったカートの向こうから険しいまなざしを向けている。すべてが一段落したら、彼女と一戦交えなければならないだろう。アレクサンドラは精いっぱいほほえみかけたが、お返しにじろりとにらまれた。ピム師長は最初のショックから立ち直り、この二日間アレクサンドラが根気よく教えたとおり、さまざまな装置を相手にきびきびと動きまわっていた。この調子なら、これから先もＩＣＵでやっていけそうだ。

アレクサンドラは安堵のため息をつきかけ、はっと息をのんだ。ＩＣＵの中にはもう一人いた。痩せて骨ばった女性だ。決して若くはない。小さなシニヨンに結った灰色の髪が帽子の下からのぞいている。シンプルなツイードのスーツに身を包み、靴も実用本位の紐靴だ。襟元にはパールのネックレスがちらりと見えている。手にしたバッグと手袋は革製だが、かなり年季が入っていた。その姿は〝親戚の伯母さん〟という言葉を絵に描いたようだった。実際、アレクサンドラの伯母とそっくりの雰囲気を漂わせている。患者の伯母だろうか？　ここにいる理由を問いただされてしかるべきだが、女性はだれのじゃまをするでもなく、驚くほど落ち着き払ったようすで立っていた。そのとき、その女性がアレクサンドラの視線に気づき、二人は笑みを交わした。アレクサンドラは見知らぬ医師に頼まれる前に、気をきかせてＸ線検査を依頼する用紙を差し出した。

医師に依頼書を託されたピム師長は、ＩＣＵを飛び出していった。医師は冷ややかなまなざしをアレクサンドラに向けた。「君はここでいったいなにをしているんだね？　君がかぶっているのはセント・ジョブズ病院のキャップじゃないのか？」

アレクサンドラはむっとし、医師と同じくらい冷たい目で見返した。「このICUが新設されたので、お手伝いに来たんです」医師はイギリス人ではないようだ。英語は完璧だが、その低い声のどこかにそう感じさせるものがあった。「ドアのそばにいらっしゃる女性は患者の母親ですか？　だとしたら、ここにいていただくわけには……。ドクターからお話ししてくだされば、私が待合室にご案内します」

そこで医師が思いがけない笑顔を見せたので、アレクサンドラは息をのんだ。「僕の伯母、ミス・ユーフェミア・スラムズだ。なかなか気丈な女性でね。事故のときも頼りになった。一緒に来ると言って聞かないし、一人で置いておくわけにもいかないだろう」

「そうですか」アレクサンドラはどう答えたらいいかわからなかった。「患者のご家族や友人は？　警察に連絡は……？」

「すでに手配ずみだ。彼女は一人で運転していた。車かバッグの中から身元を示すものが見つかるだろう」

そうこうするうちに、再びアレクサンドラが患者の状態をチェックする時間になった。確認が終わるなり、用務員が可動式のX線撮影機を運んできて、アレクサンドラはまたしばらく手があいた。ピム師長も順調に仕事をこなしているようなので、そっとその場を離れ、バクスター師長のもとへ行った。バクスター師長は、気の弱い者ならその場で泣きだしかねないほど恐ろしい形相でアレクサンドラをにらみつけた。

「規則違反もはなはだしいわ」バクスター師長は言

った。「このことが問題になったら、全責任はあなたにありますからね」彼女はドアのそばに立っている女性を顎で示した。「だいたい、あれはだれなんです？　それから、我が物顔で指図しているあの男……」

「あの人は医師ですわ」アレクサンドラは言った。「必要ならば人に指図するのも医師の仕事のうちですから」

「だけど、いったい何者なの？」

アレクサンドラはもう一度医師を見た。威厳に満ちた雰囲気はあるが、その服は、仕立てこそいいものの、やや着古した印象だった。有名医師の華やかさを示すものはなに一つない。そのとき、病院の主任麻酔医ドクター・ホワイトが入ってきて、アレクサンドラの観察は妨げられた。ドクター・ホワイトは部外者の医師に旧友のような親しみをこめて挨拶し、握手をしている。アレクサンドラはますます不思議に思った。それればかりか、ドクター・ホワイトはわざわざ戸口に戻り、ミス・スラムズとまで握手を交わした。

X線技師が仕事を終えると、医師たちもいっせいに外へ出た。部外者の医師はアレクサンドラを手招きした。「すまないが、君はしばらく患者についていてくれ。なにかあったら、すぐに知らせるように」そう言うと、気に入らないものでも見るような目つきで彼女を見つめてから、ほかの医師のあとを追って出ていった。

アレクサンドラは患者の状態をチェックしながら、詳細を記録しつづけた。そのかたわら、頭の片隅で、今夜の予定がすっかり狂わされてしまったと考えていた。すでに終業予定時刻から一時間が過ぎ、このぶんだとしばらくは解放してもらえそうにない。この患者をほかの病院に搬送するかどうか、医師たちが決定するまでに数時間はかかる。それがすんだところで、二人の看護師長に最後の引き継ぎをして部屋に戻り、荷物をまとめなければならない。

ふと顔を上げると、ミス・スラムズがじっとこちらを見ていた。そこではっと気づいて言った。「そうだわ、ピム師長、だれかにお願いして、ミス・スラムズにお茶を一杯いれていただくわけにはいかないかしら。いろいろとあってお疲れでしょうから、せめてお茶でも飲んで、一息ついていただかないと」

ついでにミス・スラムズに、廊下の先の待合室に移ったらどうかと勧めるつもりだったが、そんな勝手なことをしたら例の医師が気を悪くするのではないかと考え、思いとどまった。

ミス・スラムズは疲れきった表情でほほえんだ。「そうしていただけるとうれしいわ」場所柄をわきまえ、声をひそめてはいるものの、よく通る声質だった。「あなたはとても手際がいいのね。その制服はセント・ジョブズ病院のものでしょう？　あそこのミス・トロットとはお友達なのよ」ミス・トロットはセント・ジョブズ病院の総看護師長で、かなりの古株だ。彼女はさらに続けた。「その娘さん、たいしたことがないといいんだけど。私たち、彼女の車のすぐうしろにいたの。不幸中の幸いだったわ。甥があっという間に駆け寄って、診てあげることができたから」

やがてピム師長が紅茶のトレイを運んできた。ミス・スラムズはひとまずおしゃべりをやめ、紅茶を味わった。そうこうするうちに、医師たちが戻ってきた。

ドクター・ホワイトがアレクサンドラのところにやってきて言った。「ドブズ師長、君は明日セント・ジョブズ病院に戻る予定だったね？　実は君に協力してもらいたいんだよ。患者は頭蓋底骨折を起こしている。かなりの重症だ。しかし、早急に専門医の治療を受ければ、完治する望みはある。それでドクター・スラッシュに連絡しておいた。ドクターのことはもちろん君も知っているね。ドクターは患者をセント・ジョブズ病院で引き受けようと言ってくれた。そこで君につき添いを頼みたいんだよ。救急車を使うことになる。すぐにではないが、できれば一、二時間後には搬送したい。それだけの時間があれば、もっと詳しく状態を見きわめて、搬送に耐えられるかどうか、最終的に判断することができる。君のほうもそれまでには準備できるだろうしね」

アレクサンドラはドクター・ホワイトが好きだった。年配の医師で、穏やかな雰囲気を漂わせている。見ていると、父を思い出す。彼女が即座に了承すると、ドクター・ホワイトはほっとした表情になった。

アレクサンドラは部外者の医師に目をやった。そのハンサムな顔に表れているのは安堵感ではなく、満足感だった。搬送を考えたのは彼に違いない。アレクサンドラは衝動的に尋ねた。「そちらのドクターのお名前をうかがってもよろしいですか？　書類に書かなければなりませんので」

大きな声を出したわけではなかった。だが、ドクター・ホワイトが答える前に、本人が歩み寄ってきた。「引き受けてくれるのか？」アレクサンドラがうなずくと、彼は自ら名乗った。「私はファン・ドレッセルハイス。確かに書類に必要だろうな」

「ありがとうございます。私はドブズと申します」アレクサンドラは軽く会釈をした。「それでは失礼します」ドクター・ホワイトにほほえみかけてから、患者のようすをチェックしているピム師長のところへ行った。

救急車は四時間後に出発が決まった。アレクサンドラは十分で荷造りをすませ、患者につき添った。ドクター・ファン・ドレッセルハイスは、伯母とともに姿を消していた。アレクサンドラは忙しく立ち働きながら、心のどこかでそれを残念に思った。けれど、なぜそんなふうに感じるのか、深く考えている暇はなかった。重症の患者が救急車に移されるのを見守り、最後までとどまってくれたピム師長からカルテや書類を受け取る。患者の身内はだれも現れなかった。警察はなんの手がかりも発見できず、彼女のバッグの中にも身元を示すようなものはなに一つなかった。大破したミッドランド・ナンバーの車からは免許証も見つからなかったという。

アレクサンドラが救急車のところへ行くと、一台の古びたモーリス一〇〇〇が隣にとめられていた。車内にはミス・スラムズの姿が見え、開いたボンネットにドクター・ファン・ドレッセルハイスが頭を突っこんでいる。彼はアレクサンドラには見向きもしなかった。車の窓から顔を出して元気に挨拶してくれたのは、伯母のほうだった。「師長さん、私たちも一緒に行くことにしたのよ。どっちみち、ロンドンへ向かっていたところだし、患者さんが無事に運ばれるか心配だと甥が言うものだから」

アレクサンドラは自分の能力を疑われたようでむっとした。「でしたら、ご一緒に救急車にお乗りになったらいかが？」皮肉たっぷりの甘い口調で医師に言った。

ドクター・ファン・ドレッセルハイスはボンネットに頭を突っこんだまま答えた。「我が親愛なる師長、つき添い役は君が完璧に果たしてくれるんだから、僕がわざわざしゃしゃり出ることもないだろう？　すぐうしろからついていくから、なにか問題があったら合図してくれ」

「どうぞご自由に」アレクサンドラは相変わらず甘い口調で言った。「それと、お願いですから、私のことを〝我が親愛なる師長〟なんてお呼びにならないでください」

低い声で愉快そうに笑っている医師に背を向け、

アレクサンドラは救急車に乗りこんだ。

あいにくなことに、搬送中二度ほど救急車をとめ、ドクター・ファン・ドレッセルハイスの助けを求めなければならなかった。いずれの場合もドクターは無言のまま手際よく処置をし、アレクサンドラもそれには感謝せざるをえなかった。二度目に停車したときには、三十分もの間、狭い救急車の中で救命士らとともに忙しく働いた。出発する際、ドクターは運転手にできる限りスピードを上げるよう命じた。幸い午前二時とあって、郊外の道路はすいていた。一行は無事セント・ジョブズ病院に到着し、患者はただちにＩＣＵに運ばれた。

アレクサンドラは疲れをにじませながらも目だけは輝かせて患者につき添い、ドクター・ドレッセルハイスに挨拶もせずに中へ入った。今いちばん大切なのは、患者をできるだけ早く人工呼吸器につなぐことだ。なじみのＩＣＵに戻り、二名の夜勤の看護師に患者をゆだねたところで、ようやくほっと一息ついた。

患者の容態が安定していることを見届けたアレクサンドラは、夜勤の看護師長に書類を渡し、担当医に必要事項を伝えた。それがすむと、大きなあくびをしながら看護師寮に向かった。ドクター・ファン・ドレッセルハイスの姿はすでになかった。すでにドクター・スラッシュの部下の専門医と話をし、目的地へ向けて出発したのだろう。

ところが、眠さにぼうっとした頭で階段を下りていくと、階下にドクター・ファン・ドレッセルハイスがいた。救急外来の研修医と立ち話をしている。アレクサンドラがそばに近づいたとき、ドクターは若い医師に別れを告げ、彼女の腕を取った。そして、正面ロビーを横切って廊下を進み、途中のドアを開けて、アレクサンドラをそっと中に招き入れた。

「入るわけにはいきません」アレクサンドラの眠気

はすっかり吹き飛んでいた。「ここは医長専門の休憩室ですから」

「ああ。だが、こんな夜中だからだれもいない。僕の伯母だけだ。夜勤の用務員がコーヒーを運んでくれた。君もやすむ前に一杯どうかと思ってね」

ミス・スラムズは部屋の中央の大きなテーブルにつき、背筋をしゃんと伸ばしていた。まるで、混乱の中で徹夜をするくらい日常茶飯事だと言いたげな落ち着きぶりだ。彼女はアレクサンドラに椅子を勧めてコーヒーをついだ。

「大変な夜だったわね。でも、あの娘さん、きっとよくなるわ」

アレクサンドラもうなずいた。「今夜、お泊まりになるところはあるんですか？　寮に患者の家族が宿泊できる部屋がありますので、もしよろしければ、用務員に頼んで用意させます。少しはお体を休めたほうが……」

そこでドクター・ファン・ドレッセルハイスが口を開いた。「ご親切にどうも、ドブズ師長。ドクター・スラッシュの家に泊めてもらうから、心配はいらない」まるで、君にはなんの関係もないと言いたげな口調だった。

これほど疲れていなかったら、アレクサンドラはなにか言い返していただろう。だが、今はそんな気力もなく、おとなしくコーヒーを飲みおえると、ミス・スラムズにさよならを言い、ドクターにも一言別れの挨拶をしてドアに向かった。ドクターはドアの外まで見送りに来た。

「君にはいろいろ世話になった。感謝しているよ。その苦労が報われて、患者が回復してくれるといいんだが」

「そうですね」アレクサンドラは疲れきった口調で言った。「家族もすぐに見つかるといいんですけど」

眉間にしわを寄せ、気持ちよく別れるために、ほかになにか言うべきことはないかと考えた。

その顔を見て、ドクターがほほえんだ。「立ったまま眠ってしまいそうだな。おやすみ、ミス・ドブズ」

寮の部屋に戻り、ベッドに倒れこんだところで、アレクサンドラはようやく気がついた。ドクター・ファン・ドレッセルハイスは〝おやすみ〟と言っただけで、〝さよなら〟とは言わなかった、と。

2

朝はまたたく間にやってきた。アレクサンドラはベッドに引き戻されそうになりながらも、なんとか身支度をすませ、同僚とともに朝食の席についた。あわただしい食事の合間にも、同僚たちの質問に答える余裕はあった。

「ねえ、噂(うわさ)を聞いたんだけど」婦人外科病棟の師長ルース・ペイジが口を開いた。「長身で黒髪の謎(なぞ)の男性と二人で朝方帰ってきたんですって？　夜勤のメグが戻ってくるなり、夢中でその男性の話をしていたわ。ロールスロイスに乗っているとか……」

「彼の髪は銀髪交じりの金髪よ。車はロールスロイスじゃなくてモーリス一〇〇〇。あ、それから、彼の伯母様も一緒だったわ」テーブルの笑いがおさまったところで、アレクサンドラは言い添えた。「大変な晩だったの」

「でも、彼、すてきなんでしょう？」ルースがしつこく尋ねた。「名前は？　年は？」

「名前はドクター・ファン・ドレッセルハイス。名前から判断すれば、オランダ人よね？　英語は完璧だけど。年なんて見当もつかないわ。なんだか不機嫌で意地悪な印象だった」そこで公正を期すべくつけ加えた。「でも、搬送中に患者が心停止を起こしたときは、見事な手際だったわね」アレクサンドラは紅茶の残りを飲みほし、立ちあがった。「もう行かなくちゃ。患者の容態が安定したら、手術をすることになるかもしれないわ」

同僚たちも腰を上げた。それぞれの病棟をめざして廊下を歩きながら、だれかが尋ねた。「あの患者は何者なの？」

「警察にもわからないのよ。身元を示すものはなにも出てこなかったし、車もミッドランドのウルヴァーハンプトンの修理工場のものだったの」

「早く本人の口から聞けるようになればいいわね」ルースが心配そうに言った。「集中治療室を出たら、婦人外科病棟へ来るのよね？」

「たぶんそうなるでしょうね。あ、緊急ベルが鳴ってるわ。だれか心停止を起こしたみたい」アレクサンドラは弾丸のような勢いで廊下を駆けだした。

心停止を起こしたのは、ミスター・ダッシャーという老人だった。老人がようやく落ち着いたところで、いまだに意識不明の例の患者をじっくり五分間観察した。容態が安定しているのを確認すると、部下の看護師にその場をまかせ、自分のオフィスに入った。デスクには処理しなければならない書類やメッセージが山積みになっていることだろう。ところが、アンソニー・フェリスも当然のように一緒にオフィスに入ってくる。アレクサンドラがデスクにつくと、アンソニーはほかに一つしかない椅子に腰を下ろした。

寝不足で不機嫌なうえ、わけもなく今の生活にむなしさを感じていたアレクサンドラは、つい顔をしかめた。「アンソニー、片づけなければならない仕事が山ほどあるのよ。あの交通事故の患者も手術を受けることになるだろうし……」

アンソニーはいかにも鷹揚にほほえみ、なだめるように言った。「かわいそうに。君がどこの馬の骨ともわからない医者に、小間使いのように使われたと聞いたよ。世の中には、自分だけがすべてを知っていると思っているようなやつが多いからね」

「それは違うわよ」アレクサンドラはオランダ人医師の尊大な態度も忘れ、すぐさま弁護にまわった。「ドクター・ファン・ドレッセルハイスはとても礼儀正しかったし、腕も確かだったわ。ドクターがいなかったら、あの患者を生きてこの病院に運ぶことはできなかったでしょうね」

自惚れが強いアンソニーは、会ったこともない相手に競争心を燃やしたりはしなかった。「君はやさしいね。見知らぬ男のことまで弁護して……」

「その点は私も同感だ」いつのまにかドクター・ファン・ドレッセルハイスが戸口に立っていた。

アレクサンドラは驚いてドクターを見た。今朝から何度も彼のことを考えていたが、まさかよりによって自分のオフィスに現れるとは思ってもみなかった。「おはようございます。もうご出発になったものと思っていました」

ドクター・ファン・ドレッセルハイスは壁に寄りかかった。彼に比べると、アンソニーが貧弱に見えた。服装も、着古したものとはいえ、品位が漂っている。アンソニーの流行の格好がかえって安っぽく映った。「いや、ドクター・スラッシュに麻酔を担当してほしいと頼まれたものでね。減圧法を試みたいそうだ」

ドクター・ファン・ドレッセルハイスの冷ややかなまなざしがアンソニーにそそがれた。アレクサンドラはあわてて二人を紹介した。だが、二人は互いにとくに興味もなさそうだった。数分が経過したところで、アンソニーはあたかも重大発表をするかのように、仕事があるからと言ってドアに向かった。

戸口で、アンソニーは必要以上に大きな声で言い添えた。「アレクサンドラ、今夜も一緒に出かけよう。いつもどおりにね。どこかディナーとダンスが楽しめる場所がいいな。それじゃまた、ダーリン」

ドクター・ファン・ドレッセルハイスは動く気配もない。相変わらずドアのそばの壁にもたれ、すっかりくつろいでいるように見える。ただ瞳だけが抜け目なく輝いていた。彼はさりげなく言った。「彼と結婚するのかい?」

「まさか!」アレクサンドラは猛然と否定した。アンソニーの子供っぽい態度にあきれていた。彼に〝ダーリン〟などと呼ばれる筋合いはない。

ドクター・ファン・ドレッセルハイスは無言のままアレクサンドラの顔をじっと見つめている。どこかおもしろがっているような表情だ。アレクサンドラは頬がほてるのを感じた。そして、彼の次の一言で、頬はますます熱くなった。「君は実に美しい」

なんて憎らしいの。アンソニーと同じくらい憎らしい。男っぽさをひけらかす人はみんな嫌いよ。

「タイミングが悪かったかな? 今の青年は君にプロポーズするところだったのかい?」

「いいえ、違います」アレクサンドラはぴしゃりと言った。「仮にそうだったとしても、あなたにはなんの関係もないことだわ」彼女は立ちあがった。

「それでは、失礼します。仕事がありますので」

「そうだった。僕も患者のようすを見に来たんだ。

案内してくれるかい？」ドクター・ファン・ドレッセルハイスはアレクサンドラのあとからついてきた。

ひとたびＩＣＵに入ると、ドクター・ファン・ドレッセルハイスはすっかり医師の顔になり、静かな口調で質問をしたり、カルテを読んだり、慎重に患者を診察したりした。アレクサンドラが質問にひととおり答えると、ドクターはようやくうなずき、礼を言って立ち去った。それからしばらくの間、彼の姿を見かけることはなかった。患者を手術室に連れていった手術室付きの看護師長が、夢見るようなまなざしで彼のことをほめたたえるのを聞かされただけだ。ドクター・ファン・ドレッセルハイスは会う女性をことごとく魅了してしまうらしい。アレクサンドラは、自分はどこかおかしいのだろうかと首をかしげた。

例の交通事故の患者の手術は、現段階で考えられる限り成功だった。アレクサンドラは任務に没頭していた。ドクター・ファン・ドレッセルハイスがドクター・スラッシュとともにＩＣＵにやってきたときも、彼のことなど考える余裕はなかった。

少し遅れて仕事を終えたアレクサンドラは、エレベーターで一階に下りた。そして近道の通路を通り、小さな庭を抜けて看護師寮に向かった。あたりはすでに真っ暗で、こんな時間に外でだれかにでくわすことなど期待するほうがおかしいのだが、それでもなぜかがっかりし、そんな自分に驚いた。

寮の部屋に戻ると、靴を脱ぎ、キャップをとって、バスルームへ向かった。途中でルースにでくわし、一緒に紅茶を飲んだ。アンソニーは一緒に出かけようと言っていたが、時間や場所は指定しなかった。そもそも口から出まかせのようなもので、お決まりの待ち合わせ場所なんてないのだ。最近はかなり頻繁に会っているものの、彼がほのめかしたように、毎日のように豪華なディナーやダンスを楽しんでいるわけではなかった。実際、この三カ月で、彼がまともな店へディナーに連れていってくれたのは二回だけで、ダンスに出かけたことなど一度もない。

アレクサンドラは勧められるままに、二杯目の紅茶を飲んだ。アンソニーのことは待たせておけばいい。誘いたいのなら、電話をかけてくるだろう。

入浴をすませ、ガウン姿で髪を整えていると、階段の下から電話がかかっていると知らせる声がした。アレクサンドラは急ぐでもなく階段を下り、不機嫌に電話に出た。「もしもし?」

「なにをしているんだ?」アンソニーがいらだった声で言った。「仕事は一時間以上も前に終えているはずだろう?」

「そうだけど。あなたとどこで待ち合わせているのかわからないし、今夜はどんなすてきな場所へディナーやダンスに連れていってくれるのかもわからないから、支度のしようがなかったのよ」

アンソニーはばつが悪そうに笑った。「手厳しいな。あんなことを言ったのは、あの無神経な男が僕を嘲笑っていたからだよ。さあ、いいからコートを着て出ておいで。どこかで夕食でも食べよう」

アレクサンドラはためらった。寮の夕食はすでに食べそびれていたし、部屋にあるのは缶入りのビスケットだけだ。「いいわ。それにしても、ばかな態度だったんじゃないかしら」

アンソニーは病院の正面玄関で待っていると言った。外は寒く、雨模様だったので、アレクサンドラはレインコートを着こみ、毛糸の帽子をかぶって、おそろいのロングマフラーを巻いた。華やかさはなくても、今夜の外出にふさわしい格好だ。

しかしながら、ドクター・ファン・ドレッセルハイスがロビーでドクター・スラッシュと話をしていたのは、不運なめぐり合わせとしか言いようがなかった。アレクサンドラが通りかかると、彼は顔を上げた。そして、眉をつりあげて彼女の全身を眺めまわしてから、ゆっくりとほほえんだ。ディナーに出かける若い女性の格好からはほど遠いと言いたいのだろう。アレクサンドラは彼に向かって顔をしかめ、ドクター・スラッシュにはほほえみかけて、アンソニーのもとへ行った。

背中にそそがれるドクター・ファン・ドレッセルハイスの視線を感じながら、アレクサンドラは尋ねた。「どこへ行くの？」

「この間行ったイタリアンレストランはどうだい？歩いていける距離だし、値段も安い」アンソニーはそう言いながらアレクサンドラの手を取った。アレクサンドラには、それが飼い犬の首に綱をつけるようなしぐさに思えた。彼女が手を振り払うと、アンソニーは言った。「ご機嫌ななめだな」

そのとおりだった。二人は身も心も離れたまま通りを歩いていった。

アンソニーが食事の前にそっけなくあやまり、二人はどうにか仲直りした。彼は続いて、今日、婦人内科病棟のタッカー師長をやりこめた経緯を愉快そうに話した。タッカー師長は口が悪く、若い医師に対する人使いが荒いことで知られていて、いつもならアレクサンドラも笑うところだった。だが、今日はなぜか、アンソニーの行為が意地悪に思えた。タッカー師長はセント・ジョブズ病院に三十年以上も勤めてきて、引退間近だ。その毒舌も含め、陰ではけっこう人気がある。アンソニーがこれまで自分の考えていたような好青年ではないのかもしれないと思うと、アレクサンドラはたまらなく不安になった。憂鬱（ゆううつ）な気分と疲労感が混ざり合い、帰りにはぐったりしていたが、アンソニーは体にいいから歩こうと言った。タクシー代を節約しようとしているのかと不満に思ったものの、その晩ベッドに入るころには考え直していた。彼はまだこれから出世する身だ。

財布の紐が固いくらいのほうが頼もしいと考えるべきだろう。なにより、彼は若い女性にとって願ってもない花婿候補だ。多少の欠点はあるとしても……。

アレクサンドラは自分にそう言い聞かせながら目を閉じた。しかし、眠りに落ちる直前に頭にあったのはアンソニーのことではなく、あの憎らしいドクター・ファン・ドレッセルハイスのことだった。

ドクター・ファン・ドレッセルハイスは翌朝も現れた。ドクター・スラッシュとともに患者の容態を確かめに来て、遠慮がちに二、三提案をした。そのあと、アレクサンドラが社交辞令で二人をお茶に誘うと、彼はおおげさに感謝して誘いを受けた。アレクサンドラのオフィスに入るなり、彼とドクター・スラッシュは会話に没頭し、十分たっても、いっこうに出ていく気配はなかった。アレクサンドラはしかたなく、仕事があるからとオフィスを出た。二人はコーヒーポットののったデスクをはさんで座り、脳の表面のひだ、脳回について熱のこもった会話を交わしていた。

アレクサンドラを送り出すためにいちおう礼儀正しく立ちあがったものの、実は彼女の言葉などまったく耳に入っていないのではないかと思えた。

アレクサンドラはしばらくオフィスに戻る用事はなかった。かなり時間がたってから戻ってみると、驚いたことに、ドクター・ファン・ドレッセルハイスはまだそこにいた。アレクサンドラのデスクで忙しく書き物をしている。彼女が入っていくと、オランダ人医師は顔を上げ、冷ややかに言った。「立ちあがりもせずに申し訳ないが、この書類を急いで書きあげてしまわなければならないものでね」

アレクサンドラが必要とする書類はデスクの引き出しにあった。そこで彼のうしろをすり抜け、ひざまずいて、いちばん下の引き出しを開けた。

ドクター・ファン・ドレッセルハイスは書く手を

とめて尋ねた。「決心はついたのかい?」

アレクサンドラが顔を上げると、ドクター・ファン・ドレッセルハイスは彼女の方にかがみこんでいて、わずか十数センチしか離れていないところに彼の顔があった。「なんのことかわかりませんが」

「子供じゃあるまいし、とぼけなくてもいいじゃないか。ゆうべは今にも雷を落としそうな顔をしていたぞ。あの流行遅れのレインコートでディナーとダンスに出かけたなどと嘘(うそ)をつく必要もないだろう。それに君のうしろ姿を眺めていたら、名前はなんだったか忘れたが、一緒にいた青年を心底嫌っているように見えた。君の背中はなかなか雄弁だ」

「あなたには関係のないことです」アレクサンドラはかっとして言った。「まったく……」

「それは寂しいな。僕はみんなに幸せになってほしいんだ」ドクター・ファン・ドレッセルハイスはからかうような口調で言った。「君はどう見ても幸せそうじゃない。賭(か)けてもいいが、帰りも歩きだったんだろう?」

「そのほうが体にいいですもの。アンソニーは車を持っていないんです。モーリス一〇〇〇みたいな年代物ですらね」アレクサンドラはつい皮肉な気持ちになってつけ加えた。

「あれはいい車だよ」ドクター・ファン・ドレッセルハイスは平然として言い返した。「故障は少ないし、燃費もいい。スピードが出ないから安全だ」

「でも、あなたにはぜんぜん似合わないわ」つい口走ってしまってから、アレクサンドラはあわてて言い添えた。「別に、どんな車にお乗りになろうと、私にはどうでもいいことですけれど」

ドクターはじっとアレクサンドラを見つめている。

「僕がディナーに誘ったら、つき合ってくれるかい?」

「いいえ」アレクサンドラはすぐに心とは裏腹に断

った。本当は彼と一緒に出かけたかった。

「そうだろうと思った。まあ、もっと手ひどく傷つけられても立ち直った経験があるから、気にしないでくれ。それじゃ、お嬢さん、そろそろ足元にひざまずくのはやめていただけるとありがたい。あと十分ほどオフィスをお借りするよ」

アレクサンドラはさがしていた書類をつかむと、引き出しを閉めて立ちあがった。言ってやりたいことは山ほどあったが、ここは口をつぐんでいるのが賢明だと思えた。もちろん、心中は穏やかではない。足を踏み鳴らして外に出たとき、彼女の形相を見て、部下の看護師が具合でも悪いのかと尋ねたほどだった。

そのあとは勤務時間が終わるまで、ドクター・ファン・ドレッセルハイスと顔を合わせることはなかった。もうどこかへ出発したのだろう。まだ彼という人物がつかみきれていないのに、なんとなく残念だった。ドクター・スラッシュの友人であることは間違いないようだ。おそらくイギリスのどこかで開業しているのだろう。

例の交通事故の患者を訪ねてくる家族や友人は、結局一人もいなかった。警察が聞き込み調査をし、新聞に写真が掲載されても、なんの手がかりも得られなかった。アレクサンドラは、患者が意識を回復して、自ら身元について語ってくれるようになればいいのにと思った。しかし、それから二日が過ぎても、患者は意識不明のままだった。アレクサンドラは休みを返上しようかとも思ったが、冷静に考えれば、休息が必要なのは明らかだった。それ以上に、アンソニーから離れて、彼とのつき合いについてじっくり考えたかった。夕方、勤務が終了すると、アレクサンドラは間一髪のタイミングでドーチェスター行きの列車に飛び乗った。車内でゆっくり考え事をするつもりだったが、すぐに眠ってしまい、目的地に着いたところでようやく目が覚めた。

駅には、弟のジムが迎えに来てくれていた。ジムは農業大学の研修から抜け出してきたようで、アノラックにゴム長靴というういでたちだった。二人でランドローバーに乗りこんだところで、アレクサンドラは言った。「迎えに来てくれてありがとう。お父さんは忙しい？」

「忙しいなんてものじゃないよ。インフルエンザのせいでね」

アレクサンドラはさらにジムの研修について尋ねた。車は飛ぶようなスピードで町を抜け、郊外へ向かった。そして、アレクサンドラの故郷であり、父が医院を開いている村にたどり着いた。ランドローバーが庭先にとまったとき、家には温かな明かりがともっていた。草ぶき屋根の小さな家だが、なかなか趣がある。

アレクサンドラが中に駆けこむと、母親がキッチンで夕食の支度をしていた。ミセス・ドブズは娘とそっくりだった。アレクサンドラの父親は、母さんが若いころはおまえの倍はきれいだったと口癖のように言うが、今でも美しい女性であることに変わりはない。ミセス・ドブズはうれしそうに娘を抱き締め、お父さんは書斎にいると伝えた。

ドクター・ドブズは帳簿付けに忙しそうだったが、アレクサンドラが入っていくと、手をとめて、おまえの姿を見ると目の疲れも吹き飛ぶよと言った。アレクサンドラは計算を手伝って帳簿付けを一緒に片づけ、父親とダイニングルームへ向かった。

アレクサンドラが夕食を食べている間、両親もテーブルについて娘に料理を勧めた。親子が近況を報告し合っていると、農場に戻っていたジムが帰ってきた。続いて、ブリストルで獣医の勉強をしている次兄のジェフも、週末の休みを過ごすために帰宅した。いないのは長兄のエドモンドだけだ。エドモンドは一年前に医師の免許を取得し、父のパートナーとして、隣村で外科医院を開いている。その村に居を構え、妻と生まれたばかりの娘と三人で暮らしているのだ。

アレクサンドラは家族の顔を一人一人眺めてほほえんだ。「やっぱり家はいいわ。帰ってくるたびに看護師をやめたくなっちゃう」

みんながいっせいに笑った。ミセス・ドブズは娘の結婚相手について話したい気持ちをぐっとこらえ、仕事について尋ねた。「あなたが担当している意識不明の女性のことはこっちの新聞にも記事が大きく載っているわ。それにしても、だれも面会にも来ないなんて不自然ね。事故現場に居合わせたお医者様はどんな方なの？　その方についても、あれこれ噂が飛び交っているみたいだけど」

「私も彼のことはよく知らないの」アレクサンドラは答えた。「その女性を運びこんできたってこと以外はね。彼女がセント・ジョブズ病院に搬送されると、彼もついてきたのよ」

「救急車に乗って？」

「いいえ、自分の車、モーリス一〇〇〇で」

それには父親も驚いた顔をした。「あまり羽振りがよくはなさそうだな。いい車だが、どちらかと言えば、老人が乗るような車だ。かなり年配なのかね？」

アレクサンドラは首を横に振った。「いいえ、せいぜい四十歳ってところかしら。もっと若いかもしれないわ」

「ハンサムなの？」母親はすっかり興味を引かれているようだ。

「そうね。あまりじっくり見たことはないけど」

ミセス・ドブズは娘の顔に鋭い視線をそそいでから、話題を変えた。「アンソニーは元気？」

アレクサンドラは額にしわを寄せた。「ええ、忙しいけど、なんとか」

あくびをする娘を見て、母親は言った。「疲れているのね。早くおやすみなさい。明日はなにか予定はあるの？」

「アレクサンドラは首を横に振った。「いいえ。もしよかったら、お父さんの往診の運転手を務めるわ。久しぶりに村を見てまわるのにちょうどいいから」

二日間実家で過ごしたアレクサンドラは、心身ともに疲れを癒すことができた。病院に戻るときは、いつもながら憂鬱な気分になったものの、すぐにまた休みになると自分を慰めた。それに、仕事自体はいやではない。

ＩＣＵは、一時的とはいえ、手術を終えたばかりの患者でいっぱいだった。アレクサンドラはまたしても終業時刻を過ぎてしまったが、それでも最後にもう一度例の患者のようすを見ずにはいられなかった。容態はかなり安定してきている。あと一日もすれば婦人外科病棟に移されることになるだろう。ただ、相変わらず意識は戻っていない。呼吸を確認しようと、安らかに眠る患者に顔を近づけたとき、突然目が開いた。

「気がついたのね」アレクサンドラは患者にほほえみかけた。「心配いらないわ。ここは病院なの。あなたは交通事故にあったのよ。でも、順調に回復しているわ」

患者の青い瞳には知性の輝きがあった。「頭が痛い」

「しばらくは痛むでしょうね。鎮痛剤を処方してもらえるわ。あなたのお名前は？」

患者はしばらくじっとアレクサンドラの顔を見ていた。「思い出せない」ささやくような小さな声だった。「なにも思い出せないわ」

「大丈夫よ。きっとすぐに思い出せるわ」アレクサンドラはベッドのそばのベルを押した。看護師がやってくると、外科の専任医にドクター・スラッシュの患者が意識を取り戻したと伝えるよう指示した。

外科の専任医はすぐにやってきた。一足遅れでドクター・スラッシュとドクター・ファン・ドレッセルハイスも現れた。外科医は満足げに言った。「これはすばらしい。ドクター・ファン・ドレッセルハイスも来てくださっていて、ちょうどよかった。それじゃ、師長、患者のようすをひととおり教えてくれますか？」

アレクサンドラは的確に説明してから、医師たちを患者のベッドに案内した。

患者はまた子供のように眠りこんでいた。アレクサンドラは患者の脈を確かめた。「脈は正常ですし、かなり力強くなっています。それにしても、なんてきれいな金髪でしょう。まるで磨きあげた一ペニー銅貨みたいに輝いているわ」

ドクター・スラッシュがうなずき、ドクター・ファン・ドレッセルハイスが静かに言った。「彼女には名前がない。本人が思い出すまではね。君は今、一ペニーのように輝いていると言ったね。どうだろう、当面、彼女をペニー・ブライト（ブライト）と呼んでは？」

患者の顔をのぞきこむドクター・ファン・ドレッセルハイスの表情を見て、アレクサンドラはわけもなく胸がきゅんとした。「ええ、いいアイデアですわ。この状態が長く続くかもしれませんし……。その可能性もあるんでしょう？」

「逆行性健忘症はまったく予測がつかないんだ」ドクター・スラッシュが言った。「一カ月か、あるいは二カ月か。いずれにせよ、君にまかせておけば安心だな、師長」彼はベッドの反対側にまわった。「ざっと反射を診てみよう」

アレクサンドラは医師たちを送り出したあと、報告書を仕上げた。そして、仕事から解放されるなり、すぐに正面玄関へ向かった。アンソニーと六時に待ち合わせをしていた。すでに約束の時刻を三十分過ぎている。彼はいらだったように腕時計をちらちら見ながらロビーを歩きまわっていた。アレクサンドラが駆け寄って、遅れた理由を説明しようとすると、アンソニーはいきなりさえぎった。

「君は僕の都合をまったく考えていないじゃないか。四十分も待たされたんだぞ。せめてだれかに伝言を頼むくらいはできただろう？　だいたい、なぜ君が残業しなきゃならないんだ？　ほかの看護師にまかせたって、患者が死ぬわけじゃなし」

　アレクサンドラはため息をついた。患者が意識を回復したことをアンソニーも一緒に喜んでくれたらどんなにいいだろう。それに、彼が私を待たせたことだって何度もある。私は文句一つ言わなかったのに……。だが、アンソニーも疲れているのだと自分に言い聞かせ、静かな口調で言った。「そうね。でも、私がとどまって、意識を回復したときのようすを直接説明したほうがドクター・スラッシュの役に立つと思ったのよ。患者は記憶喪失に陥っているの。自分の名前さえ思い出せないのよ。それで、当面はペニー・ブライトと呼ぶことにしたの」

　アンソニーは口元をゆがめた。「君はそんなことを決めるために残業していたのか？」

　アレクサンドラは深く考えずに答えた。「決めたのは私じゃないわ、ドクター・ファン・ドレッセルハイスよ」

「なるほど、これで君が遅れた理由がわかったよ。あのオランダ人のそばにへばりついていたわけだ。君はさんざんやつに見とれていたからな」

　アレクサンドラはかっとなったが、なんとか冷静さを保った。二人はまだロビーにいた。通りがかりの人々が何事かとこちらを見ている。隙間風が吹きこんできて、彼女は身震いした。「私、着替えてきてもいいかしら？」

しだ。

もう出かける気にはなれなかった。今夜はだいな

「その必要はないよ」アンソニーは皮肉たっぷりに言った。「あいつのところに戻ったらどうだ？　あきれたよ。君のふるまいは医者の妻にまったくふさわしくない」

とうとうアレクサンドラの堪忍袋の緒が切れた。

「医者の妻ですって？　自分が医者の妻になる予定だったなんて、ぜんぜん知らなかったわ。仮にそうだったとしても、もう願い下げよ。だいたい、私のふるまいのどこが……」彼女は怒りのあまり言葉を失い、くるりと踵（きびす）を返してロビーを横切った。ろくに前も見ずに猛然と歩いていくと、いきなりドクター・ファン・ドレッセルハイスの大きな体にぶつかった。

彼はバランスを崩しかけたアレクサンドラの両肩をつかんで支え、やさしく言った。「まいったな。僕ははからずも君の恋愛問題に首を突っこんでしまう癖があるらしい」

「恋愛問題なんかありません」アレクサンドラは憤然として言った。「そもそも恋愛なんかじゃありませんから。すみませんけど……」彼女は口をつぐみ、はなをすすった。今にもわっと泣きだしてしまいそうだった。「その手を離していただけません？」

ドクター・ファン・ドレッセルハイスが手を離すなり、アレクサンドラは一目散に病院内を駆け抜け、寮の部屋に逃げこんだ。思いきり泣いてすっきりしたところで、紅茶を飲み、入浴した。友人たちが夕食を終えて戻ってくるころには、いつもどおりの顔に戻っていた。彼女たちとひとしきりたわいもない話をしたあと、みんながそれぞれの部屋に戻ったところで、アレクサンドラはペンを取りあげた。

翌朝、アレクサンドラは辞表を提出しに行った。あまり説得力のない口実をひととおり説明している

間、総看護師長のミス・トロットはすっかり面くらった顔をしていた。「ドブズ師長、まさかあなたが辞めると言いだすなんて夢にも思わなかったわ。この先もずっとここの看護師の先頭に立って働いてくれると思っていたのに。まあ、結婚となれば、辞める可能性はあると思っていたけれど……」そこで返事を期待するかのように間をおいた。だが、アレクサンドラがなにも言わないでいると、ミス・トロットは眉根を寄せ、今度は引きとめようと説得を始めた。「だれにあなたのかわりが務まるというの？」

「看護師次長のソーンはとても優秀です。もう二年以上、私の右腕としてずっと助けてくれています。彼女ならＩＣＵをまかせても、まったく問題はありません。周囲からの人望もありますし」

「決心は固いようね」

「はい、もう決めました」

「さっき話してくれたのは、本当の理由ではないのね？」

「はい、ミス・トロット」

「言えないほどの理由があるなら、辞表を受け取るしかないわね。本当に残念でしかたがないけれど。後任にはソーン次長を考えておきましょう」総看護師長は寂しそうにほほえんだ。

アレクサンドラは内心少し不安でもあった。これでもう引き返すことはできない。ささいな理由で衝動的に病院を辞めることにしてしまった。アンソニーと結婚するつもりはまったくないし、彼にもそれを明らかにしたつもりだが、それでも、できることなら彼と友人でいたかった。そのうちアンソニーが別の花嫁候補を見つけてくれれば、二人とも今までと変わりなく、この病院で働きつづけることができる。しかしアンソニーは、いったん結婚話がふいになった女性と友人関係を保てるような男性ではない。毎日顔を合わせるのは、お互いに気づまりだろう。

おまけに、アンソニーは初めのころの印象とは違って、怒るととても陰険で、ドクター・ファン・ドレッセルハイスのことまで悪く言っていた。もっとも、あのオランダ人医師がどんな迷惑をこうむろうと、私の知ったことではない。他人の問題にいちいち首を突っこんでくるほうが悪いのだ。

アレクサンドラはなんとか頭の中を整理し、当面の問題に集中しようとした。ここを辞めるまで一カ月ある。その間に、次の仕事をさがせばいい。実家でのんびり一、二週間過ごす余裕もあるだろう。

自分で未来を切り開いていこうという決意を胸に、アレクサンドラは足早にＩＣＵに戻った。

3

アレクサンドラが辞表を提出したのは、十一月の第二週のことだった。一カ月後に退職することになっているので、クリスマスのだいぶ前に晴れて自由の身になれる。しかし、次の勤務先をさがすのは、ホリデーシーズンが終わってからのほうがいいように思えた。

実際のところ、アレクサンドラはなかなか転職先をさがす気になれず、二、三、問い合わせをしてみて、先方からかなりいい感触の返事がきても、心を決めることができなかった。友人や家族も不思議がっていたが、いちばん混乱しているのはアレクサンドラ本人だった。考えた末、この迷いはペニー・ブライトを残して去りたくないからに違いないと気づいた。

ペニーはすでに婦人外科病棟に移され、めざましい回復を見せていた。とはいえ、相変わらず記憶は戻らず、家族や友人が現れることもない。事故によって生じた壁を突き崩し、記憶を掘り起こすのは、容易なことではないらしい。だがドクター・スラッシュは、時間と忍耐さえあれば、必ず記憶は戻ると言い、ペニーの経過に満足そうだった。アレクサンドラは毎日、たいていは終業間際にペニーを訪ねるのが日課になっていた。そんな状態で二、三週間ほどが過ぎたある日、ペニーの一言に、アレクサンドラは驚いた。

「ドクター・ファン・ドレッセルハイスは、もう体のほうは心配ないと言ってくださるの。みんなとても親切にしてくれるけど、早く退院できたらうれしいわ」

アレクサンドラはほほえんだ。「あなたになら、だれだって親切にしたくなるわ。ドクターはよくお見えになるの？」

「ええ、週に一度は。脳の刺激になるからって本や雑誌を持ってきてくださったり、いろいろな土地の写真を見せて、どこか見覚えがある場所はないかって尋ねたり。ときどきは怖い顔で、言うことを聞きなさいって叱られることもあるけど」

「なぜ叱られるの？」

「ときどき師長さんの言いつけに逆らって、めまいを起こしたりすることがあるから。でも、いつかはめまいが起きなくなるのよね？」

「ええ、もちろんよ、ペニー。でも、相当強い衝撃を受けたから、完全に治るまでには時間がかかるんでしょうね」

椅子におとなしく座っている患者を、アレクサンドラは母親のようなまなざしで眺めた。なんてかわいいのだろう。研修医たちが婦人外科病棟に来るたびに、この病室に立ち寄ろうとするのも無理はない。ドクター・ファン・ドレッセルハイスもたぶんそうなのだろう。アレクサンドラはいつのまにかまたドクターのことを考えているのに気づき、顔をしかめた。もう忘れようと心に決めたはずだ。それなのに、なぜか彼の存在は心の中に居座って、消えようとしない。ペニーのささいな一言にも、あのハンサムな顔や低い声がはっきりとよみがえってくる。

ドクター・ファン・ドレッセルハイスがペニーを訪ねるときに、顔を合わせることはあるだろうか？アレクサンドラは無意識のうちに期待していた。だが、ドクターとはいつもすれ違いばかりだった。それで、彼はもう私と会いたくないのだという結論に達した。

アレクサンドラにとっては、つらい一カ月となった。アンソニーと会うことは避けられず、彼女のほうはなんとか友情を保とうと努めたものの、彼はその気持ちを無視して、自分のほうがずっと傷ついているのだということを周囲の人々にアピールした。アレクサンドラは一日も早く病院を離れたいと思うようになった。しかし、今後の身の振り方はまったく決まっておらず、ほかの仕事をさがそうにも、重い腰が上がらなかった。

結果的には、アレクサンドラは面倒な職さがしをする必要がなくなった。ある日、一日の仕事を終えて寮の部屋に戻り、ひと休みしていると、彼女宛の電話が入った。電話に出たところ、ドクター・ファン・ドレッセルハイスが話をしに来ているので、寮の一階まで来るようにと告げられた。

終業後の自由時間をじゃまされたことにむっとしながらも、アレクサンドラは脱いでいた靴を再びはき、キャップをかぶり直した。そして、四階から一階まで階段を下りていった。ドクター・ファン・ドレッセルハイスは一階のロビーを歩きまわっていた。

アレクサンドラの姿を見ると足をとめ、階段の下にやってきた。ちょうどアレクサンドラが下から二、三段目に達したところだったので、二人の目線はまったく同じ高さになった。二人はしばらく無言のまま見つめ合っていた。やがて、アレクサンドラは静かな口調で尋ねた。「お話があるとのことですが」

「ああ。ペニーは二日後に退院することになった。もちろん、君はもう知っているだろう」ドクターの口調はそっけなかった。「ちょうど君も辞めることになっていて、今のところ次の職場は決まっていないと聞いた。ペニーは当面行くところもないので、僕の伯母が自分のところに引き取ろうと申し出てくれた。もちろん伯母一人ではとても無理だ。専門家の助けがなければね。そこで僕が、いや、君さえよければ僕ら二人が、ペニーが今後の方向を見定めるまで面倒をみてやるのがいちばんいいんじゃないかと思ったんだ。君にその役目を頼みたい。看護師でも、付添人でも、呼び方はどうでもいい。給料は今と同じ額を保証しよう」

アレクサンドラは口を開け、なにも言えないまままた閉じた。ドクターの申し出にも驚いたが、それ以上に、とっさにイエスと言おうとしている自分にあきれていた。冷静になるのよと自分に言い聞かせ、二、三分じっくり考えてからようやく返事をした。

「いくらなんでも、額が多すぎます。一人の面倒をみるのと、忙しい病棟を切り盛りするのとでは、ぜんぜん違いますから」

その言葉をドクターは無視した。「来てくれるね？」

ぶっきらぼうな言い方に、アレクサンドラはむっとした。「クリスマスには実家に帰ろうかと……」

「セント・ジョブズ病院にとどまっていたら、実家には帰ったかい？」

アレクサンドラは嘘がつけない性分だった。「いいえ」

ドクターは満足そうにうなずいた。「それじゃ、決まりということでいいね？」

「そんな、一方的だわ」アレクサンドラは怒りに声をあげた。「あなたはいつもそうやって自分の考えを他人に押しつけるんですか？　私はまだなにも聞いていません。伯母様がどこに住んでいるかすらうかがっていないわ」

ドクターはふいにほほえんだ。その笑顔があまりにも魅力的で、アレクサンドラは息をのんだ。

「君を怒らせてしまったようだね。申し訳ない。君の気持ちも考えずに、僕が浅はかだった。ここ二、三日、ずっとこの計画について考えていて、君にどうしても引き受けてもらいたかったものだから、つい気がせいてしまったんだ。ペニーは君を好いているし、君も担当をはずれてからもずっと彼女を気にかけている。君は頭もいいし、能力もある。ドクター・スラッシュも、ペニーの記憶を取り戻す手助けができる者は君しかいないだろうと言っている。それに、伯母のユーフェミアも君をとても気に入っているしね」ドクター・ファン・ドレッセルハイスは言葉を切り、窓の外を見た。外は闇に包まれ、もうなにも見えない。「君の言うとおりだ。僕は君に十分な情報を与えていない。伯母はサフォーク州に小さなコテージを持っている。かなり辺鄙な場所だから、それは覚悟しておいてもらわないといけないな。いちばん近い町はニーダム・マーケットだ。町と言ってもかなり小さい。伯母のコテージは、デニンガムといういちばん近い村からも一・五キロ離れている。君は運転はできるかい？」

「ええ」

「だったら問題はないな。ペニーを見守る以外、君はとくにすることもない。彼女の健康に留意して、さりげなく記憶を取り戻すような働きかけをしてやってくれればいい。名前を思い出すだけでも、おおいに役立つからね。とりあえずは二、三週間、ようすを見てみようということになっている。なんの変化も起こらなければ、その時点でまた考えるつもりだ。それにしても、家族も知人もだれ一人名乗り出ないのは、どう考えても不思議だな。ところで、クリスマスはどうしても実家に帰りたいのかい？」

アレクサンドラは家族を愛していたし、みんなに会うのが楽しみだったが、そう言われてみれば、どうしてもというわけではなかった。「そうですね……」

ドクターは口をはさんだ。「それじゃ、妥協案を出そう。君は二日後に辞めることになっていたね？ペニーの退院と同じ日だ。辞めたあと二、三日実家に帰って、それからペニーを迎えに来て、伯母の家に連れていってやってくれないか？　ドクター・スラッシュに頼めば、ペニーをもう二、三日病院に置いておくくらいのことはわけないだろう」

「そうですね……」アレクサンドラは繰り返した。「わかりました。確かに、次の職場も決まっていませんし」承諾したあと、あわててつけ加える。「ただ、一つだけ条件があります。お給料をもっと少なくすると約束していただかなければ、お引き受けするわけにはいきません」

「なぜだい？」ドクターはどこか愉快そうだった。

アレクサンドラは気まずい思いで答えた。「だって……一時的とはいえ、ペニーを預かるだけでもけっこうな出費ですもの。そのうえ……」

「お気遣いには感謝するよ、ミス・ドブズ」ドクター・ファン・ドレッセルハイスは着古したスーツに目を落とし、再びアレクサンドラの目を見た。なんとなく心の中で笑っているような表情だ。「わかった。君の条件をのもう。ペニーの服やなにかでまとまった金がいるのは確かだ。そうだ、服を買うにも、君に助けてもらわないとな。伯母の趣味はいささか時代遅れだし、僕はそういうことにまったくうといものでね」その口調はあまりにもそっけなかったが、アレクサンドラがそれについてじっくり考える間もなく、彼は先を続けた。「今夜もきっと予定があるんだろうな。君を引きとめて、例の、なんと言ったかな、あの青年を怒らせないように気をつけないと」

どこかさぐりを入れているような言い方だった。アンソニーとのことはすでに耳に入っているはずだ。この病院で知らない者はいない。「その点については、どうぞご心配なく」アレクサンドラは言った。「アンソニーとは……お互いにふさわしくないということで意見が一致しましたから」

ドクター・ファン・ドレッセルハイスの瞳には、まるで嘲るような光が宿っている。

「彼と喧嘩別れしたんです。病院を辞めるのは、それが理由です」

ドクターはそっけない口調で言った。「確かに君たちはまったく合わなかった。僕のような部外者の目にも明らかだったよ」

アレクサンドラは彼をにらみつけた。「あら、そうでした？　だったら、なぜ首を突っこもうとなさるの？」

「そんなつもりはない。たった今、部外者だと言ったばかりじゃないか。単に感想を述べたまでだよ」

「だったら、それもご遠慮いただきたいわ。子供じゃありませんから、他人に指図されなくても、自分のすべきことくらいわかります」

ドクターはまじまじとアレクサンドラの顔を見つめた。「君はいくつだい、ドブズ師長？」

アレクサンドラは、年をきかれて恥ずかしがるようなたちではなかった。「二十七です」問いかけるようにかすかに眉を上げる。

ドクター・ファン・ドレッセルハイスは笑いながら応じた。「僕は三十六だ。それがききたかったんだろう?」彼はにっこりして、手を差し出した。「では、実家でゆっくりしてくるといい。引き受けてくれてありがとう。僕はこれで失礼する」

アレクサンドラは自分の手が彼のてのひらにやさしく包まれるのを感じた。そこでふと思いたって尋ねた。「戻ってきたら、細かな指示をいただけますか?」

「ああ。準備はすべてこちらで整えておく」ドクターはなぜか一刻も早く立ち去りたいようすだった。

「それじゃまた、ミス・ドブズ」軽く会釈をし、ドアのところまで行ってから、彼は振り向いた。「これからはアレクサンドラと呼ばせてもらうよ。〝ミス・ドブズ〟はどうもしっくりこない」

ドクターが出ていったあと、アレクサンドラはしばらく呆然(ぼうぜん)として閉じたドアを見つめながら、胸の中にわきあがってくるこの感情はいったいなんなのだろうと考えた。彼が嫌いなのか、あるいはたまらなく好きなのか? 結局は、両方の感情が混じり合っているのだと結論づけ、小銭を取りにいったん部屋に戻ってから、公衆電話へ向かった。

母親とは相変わらず話が噛(か)み合わなかった。母には話の途中で頭に浮かんだ考えをそのまま口にする癖がある。よほど母のことをよく知っていない限り、話している相手はたいてい混乱してしまう。もちろんアレクサンドラは、母のその癖には慣れっこだった。母はアレクサンドラがクリスマスに帰ってこられないのを残念がりながらも、村の教会のオルガンが壊れた話からミセス・ワッツがキリスト降誕劇のせりふをまったく覚えられない話まで、あれこれと話題を変えていった。さらに突然、アンソニーとの仲はもう修復不可能なのかと尋ねた。

アレクサンドラが明るく、そうだと答えると、母は言った。「ああ、そういえば、すてきなオランダ人のお医者様がいらしたわね」

「お母さんったら。私たち、お互い好意すら抱いていないのよ」アレクサンドラはきっぱりと言いきった。「それに、彼はずっと年上だし」

「いくつなの？」

「三十六」

「ちょうどいいじゃないの」母は声をはずませた。

「まあ、見てごらんなさいな。そのうち……」

「お母さん」アレクサンドラは苦笑した。「いいかげんにしてちょうだい。もう切らなくちゃ。それじゃ、あさって帰るわね。お父さんに、できたら駅まで迎えに来てって伝えて」

自分の部屋に戻り、ほかにすることもないので、つき添いの仕事に持参する服を選んだ。制服は必要ないとドクター・ファン・ドレッセルハイスは言っていた。彼の伯母は隠居生活を送っているということなので、パーティ用のドレスなどは必要ないだろう。そこで数枚のセーターと実用的なツイードのスラックスやスカート、先日買ったばかりの上等なパンツスーツを持っていくことに決めた。冬物のコートは赤褐色と焦茶の混ざったツイードだ。そのコートに合うニット帽とマフラー、それに、しゃれたウールのワンピースも一着加えた。田舎で二週間ほど過ごすには十分だ。だが、最後になって、ほんの気まぐれに、深いワインカラーのシルクジャージーのドレスとエレガントな靴も足した。いくらミス・スラムズが辺鄙な場所に住んでいるとはいえ、クリスマスとなれば、客を迎えることくらいはあるだろう。そしてさらに、悪天候に見舞われないとも限らないので、古びたフード付きのアノラックも念のため持っていくことにした。

二日後、アレクサンドラは実家に帰った。父がドーチェスターの駅まで迎えに来てくれた。父は物静かで口数は少ないが、そのぶんなんでもじっくり観察するたちだ。せっかく帰ってきたのにすぐに戻らなければならないとは残念だと言いながらも、サフォーク州は冬場でもとても美しい土地だと教えてくれた。

アレクサンドラはうなずいてから言った。「ねえ、それにしても、ペニーの家族や友人が一人も現れないのは不思議だと思わない？」

「それほど不思議でもないさ。悲しい話だが、最近では若者が家を離れて都会へ出ることが多くなっている。ペニーという女性はまだ若いそうだが、一人で生計を立てるには十分な年だろう。車の運転をしているくらいだ。車は結局、ミッドランドの修理工場から盗まれたものだったそうだね。だからといって、ペニーが盗んだとは限らない。彼女の友人が盗んで、ペニーは知らずに乗っていたのかもしれん。もしそうだとすると、その友人が名乗り出てこないのは当然だろう。名乗り出たら、車泥棒がばれてしまうからね」

「そこまでは考えなかったわ。それでも、ご両親が……」

「亡くなったのか、あるいは海外旅行でもしているのか、理由はいくらでも考えられるさ。いずれにせよ、そんなことで頭を悩ませていてもしかたがない。大事なのはペニーの記憶を取り戻してやることだ。そうすれば、あとは担当の医師たちが彼女の行く末を考えてくれるだろう。ドクター・スラッシュと、例のオランダ人医師がね。たしか、彼はドクター・スラッシュの友人ということだったね？」

アレクサンドラは懐かしい景色を眺めた。「ええ。だいぶ親しいようよ。でも、とくに有名な医師というわけでもないみたい。身なりは流行遅れだし、車も持っていないし。モーリスは伯母様のものだったの。きっとオランダで開業しているのね」

「たぶんドクター・スラッシュとは、若いころに一緒に仕事をした仲なんだろう」

「でも、そこまで年配ってわけでもないのよ」アレクサンドラはそう訂正してから、あわてて話題を変えた。「あら、デューク家のおばあちゃんだわ」追い越しざまに手を振ってから、満足げに言った。「家に帰ってくるとほっとするわね」

二日間はあっという間に過ぎていき、たった今着いたばかりだと思っていたのに、すぐにまた荷造りをして戻らなければならなくなった。せっかくセント・ジョブズ病院を辞めたのに、家でのんびりする間もなく次の仕事を決めてしまったことを、アレクサンドラはつくづく後悔した。しかもよりによって、我が家でクリスマスを過ごすチャンスをふいにするとは。そもそも、とくにお金に困っているわけでもない。多少なら貯金もある。両親も派手な暮らしこそしていないが、娘が実家で二、三週間のんびりするとなれば、大歓迎してくれるだろう。

しかし、病院に戻ったとたん、そんな不満は消え去った。ペニーはアレクサンドラの帰りを心待ちにしていたようで、彼女の姿を見るとうれしそうに腕をからめてきた。「もう戻ってこないんじゃないかと思って、不安になっちゃった」

アレクサンドラの目には、ペニーがあまりにも幼く、いたいけに見えた。「大丈夫よ、こうしてちゃんと戻ってきたじゃないの。そんな心配はもうしないでね」

二人は鉄道でニーダム・マーケットまで行った。かなりの長旅だったが、ミスター・スラッシュの言うとおり、ペニーのようすを観察する絶好の機会だった。ところが、ペニーはただじっと車窓に目を向けているだけで、なにを見てもほとんど反応らしい反応を示さなかった。ミス・スラムズは駅のプラットホームまで迎えに来てくれていた。彼女は朗らかに挨拶すると、駅前にとめたモーリス一〇〇〇に二人を押しこめた。そこからデニンガムまではおよそ十キロ。おそらくミス・スラムズは、このあたりの道なら、目隠ししても運転できるほどなのだろう。そうでなければ、この猛スピードは説明がつかない。幸い、視界をさえぎるもののない田舎の一本道なので、対向車のほうがミス・スラムズの車に早くから気づき、うまくよけてくれた。

「あなたも運転するんですってね」ミス・スラムズは言った。「ターロが喜んでいたわ。なぜかわからないけど、甥は私の運転が危険だと思っているの」

「ターロ？」アレクサンドラはきき返した。珍しい名前だ。

「ええ、父親にちなんで名づけられたのよ。ターロの母親が私の妹なの。本当にやさしい子だったのに、二年前に亡くなってしまったのよ。ターロの父親は健在よ。もう引退していますけどね。あと、甥には女のきょうだいが三人もいるの。私と甥は昔からずっと仲よしなのよ」ミス・スラムズは道路から目をそらし、助手席のアレクサンドラの方を向いた。「とってもいい子でしょう？」

「ええ、そうですね」アレクサンドラは口ごもった。そして、ミス・スラムズがすぐに話題を変えてくれたのでほっとした。

ドクター・ファン・ドレッセルハイスの説明どおり、デニンガムはとても小さな村で、古びたかわいいコテージが数軒と、商店が一軒、教会とかつての領主の邸宅が、冬枯れの木立の中に寄せ集まっているだけだった。車は、村の中心をまたたく間に突っ切り、主要道路から細い田舎道へ入った。畑や雑木林の間を走っていくと、目の前にコテージが現れた。木々や下生えに埋もれるように立つコテージは、さながらアンデルセン童話から抜け出たようだった。

切妻屋根と細長い窓。破風の一つ一つは、さまざまな動物の頭の彫刻で飾られている。玄関のドアはどっしりと扱いにくそうで、中に入ろうとする者の気をそぐような代物だ。

「狭いながらも楽しい我が家よ」ミス・スラムズは声をはずませ、十代の少女のような軽やかさで車から降り立った。「ペニーを連れてきてちょうだい。荷物はあとでいいわ」

ペニーはアレクサンドラの腕にすがりつくようにしながら、興味津々で周囲を見まわし、それから少しがっかりしたような口調で言った。「ずいぶん静かね。近くに家はないのかしら?」

「一軒もないわよ」女主人が朗らかに言った。「でも、見ていてごらんなさい。することは驚くほどたくさん見つかるから。話し相手なら、私やアレクサンドラもいるし」ミス・スラムズはアレクサンドラの方を見た。「寝かせたほうがいいかしら?」

「そうですね。夕食はベッドに運びます。だいぶ疲れているようなので」

三人は小さな玄関ホールからカーブした階段をのぼって二階に上がった。ミス・スラムズがいちばん手前のドアを開けた。部屋はこぢんまりとしていたが、愛らしく飾られ、若い娘がくつろぐのに必要なものがすべてそろっていた。数冊の雑誌や書籍、缶入りのビスケット、温かそうなガウンとスリッパが用意されている。ミス・スラムズはかなりの時間や費用をかけて買い集めたに違いない。

ペニーが一言も発しないので、アレクサンドラはかわりに言った。「なんてかわいらしい部屋なの!ほら、ペニー、欲しいものは全部そろっているわ」

それでもペニーはなにも言わない。「かわいそうに、疲れているのね。早めにベッドに入りましょう。朝にはきっとすっきりした気分になっているわ」

幸い、ペニーは従順な子供のように黙って夕食をとり、ベッドに身を横たえた。アレクサンドラはそれを見届けたあと、隣の部屋で自分の荷物を解いた。ペニーの部屋と同じように、かわいらしい部屋だった。

一時間後、アレクサンドラは階下に下り、居間にいるミス・スラムズのもとへ行った。

居間は意外なほど広々としていた。一方の壁のほとんどを占めるガラス戸からは庭が見渡せる。今はもちろん闇に包まれているが、皓々(こうこう)と冷たく輝く月が、庭の芝生と生け垣を照らしていた。女主人の隣でシェリーを飲んでいたアレクサンドラは、闇の中でなにかが動くのに気づき、目を凝らした。

ミス・スラムズがうれしそうに言った。「鹿(しか)が毎晩訪ねてくるのよ。いつも餌(えさ)を用意しておくの。ときにはガラス戸のそばまで来ることもあるわ。穴熊(あなぐま)もやってくるのよ」彼女はグラスを置いた。「そろそろ夕食にしましょう。あのお嬢さんのためにどうしてあげたらいいか、詳しく聞かせてちょうだい」

三人の間にはごく自然に心地よい生活のリズムが生まれた。ペニーは毎朝、ベッドで朝食をとった。アレクサンドラは看護師の仕事だからとミス・スラムズを説得して、患者の朝食の支度をした。アレクサンドラとミス・スラムズは明るい雰囲気のキッチンで朝食をとった。ツインニットとツイードのスカートに身を包み、髪をきちんとシニョンに結ったミス・スラムズが、トーストとコーヒーの準備をしている間、ざっくりしたセーターにスラックスという格好で、髪をうしろでひとまとめにしたアレクサンドラが、窓辺のテーブルを整える。二人は楽しくおしゃべりしながら質素な朝食を平らげ、あと片づけも一緒にした。

そのあと、アレクサンドラはペニーの部屋に上がり、身のまわりを片づけて、彼女が着替えるのを見守った。最初の二、三日が過ぎたところで、ペニーについて少しずつわかってきた。ペニーは美しいものに興味を示した。ミス・スラムズは、数こそ少ないけれど、愛らしい服を用意してくれていた。だが、ペニーの興味の対象は、自分が身につけるものに限られていた。ミス・スラムズが毎日大事そうに磨きあげる陶製の置物や、つややかな摂政時代風のテーブルセットや、かなり高価な絵画コレクションなどには見向きもしなかった。ペニーは、ミス・スラムズの大親友である年老いたゴールデンレトリーバーのローヴァーのことが嫌いなようだった。猫のサンボが膝にのると、怒って払いのける始末だった。動物嫌いは事故の影響によるものかもしれないが、アレクサンドラはできる限り、動物が患者のそばに近づかないように気をつけた。

この仕事を引き受けるときにはそうは思わなかったものの、実際に始めてみると、楽しいことばかりではないと思い知らされた。ペニーは、思いどおりにならないといらだち、ふくれる癖があった。アレクサンドラはできるだけ気にしないようにしながらも、そのふるまいのどこかにペニーの過去に関する手がかりがあるのではないかと目を光らせていた。しかし、アレクサンドラがどんな質問をしても、ペニーはきょとんとするか、まったく興味がなさそうな顔をするかのどちらかで、ひょっとしたら記憶を取り戻したくないのかもしれないとさえ思えることもあった。

それでも、しだいにペニーの性格がつかめてきた。ふだんはあくまでも愛らしく、周囲が手を貸さずにいられないような頼りなさを感じさせるところは今までと変わらなかったが、田舎の生活を退屈に思っていることを隠そうともしなかった。コテージや庭の美しさにはまったく目を向けず、暖炉の前で雑誌をめくっていても、自分から話しかけようとはしなかった。だが、アレクサンドラやミス・スラムズに話しかけられれば、喜んで応じた。

これがペニーの本当の姿なのだろうか？　病院にいたときとはだいぶ印象が違う。にぎやかな町で、おおぜいの人に囲まれて過ごすのに慣れているのだろうか？　アレクサンドラは試しにペニーをニーダム・マーケットへ連れていった。ペニーはウインドーショッピングを楽しみ、服について豊富な知識を披露した。アレクサンドラはそれを聞きながら、ふと不思議に思った。ペニーは慎重に言葉を選んでいる。まるでなにかを隠しているかのように……。

「なにか思い出したの？」アレクサンドラは尋ねた。

ペニーは目をぱちくりさせ、あわてて答えた。

「い、いいえ。そうだったらどんなにいいかしら！」

コテージに連れて帰ると、ペニーは再び退屈しきったようすに戻ってしまった。アレクサンドラは自分に言い聞かせた。まだ退院したばかりなのだから、もっと気長に見守ってあげなくてはならないと。ミス・スラムズも同じ意見だった。そして、若い女性が体力を回復するには栄養たっぷりの食事が一番と、毎日バラエティに富んだ料理を作って、治療に貢献してくれた。

ある朝、アレクサンドラは、ミス・スラムズが古びた財布の中のお金を数えている場面にでくわした。自分やペニーの食費で家計が困窮しているのではないかと不安になったものの、確かめるのははばかられた。

一週間が過ぎるころには、ペニーは少なくとも肉体的にはかなり回復していた。血色がよくなり、体重もふえた。アレクサンドラは、ペニーがどんなものでもいいから興味を示し、笑顔を見せてくれたらと願った。

その願いはすぐにかなえられた。日曜日の午後、ドクター・ファン・ドレッセルハイスが年季の入った旅行鞄（かばん）を手に玄関先に現れたのだ。最初にその姿に気づいたのはアレクサンドラだった。しかし、彼女がなにも言えないうちに、ペニーが椅子から立ちあがり、はじかれたように玄関を飛び出して、ドクターに抱きついた。その表情は生き生きとして幸せに満ちていた。これがいつものおとなしい彼女と同一人物だとは、とても信じられないほどだった。

アレクサンドラはふと一抹の不安を覚えた。ひょっとしたら、ペニーの元気がなくなった原因はこれだったのかもしれない。そう、彼女はドクター・ファン・ドレッセルハイスに会えないのが寂しくてふさぎこんでいたのだ。

4

ドクター・ファン・ドレッセルハイスは、週末の間ペニーのようすを見るために来たのだと言い、伯母の頬にキスをした。そして、まだ腕にしがみついているペニーにほほえみかけながら、彼女の金髪をふざけて引っぱった。それから、ようやく気がついたようにアレクサンドラに挨拶した。二、三、社交辞令のような質問もしたが、そのどれもが、うなずいたりほほえんだりすればすむようなものだった。

その日一日、ドクター・ファン・ドレッセルハイスの注意を一身に引きつけていたのは、ほかならぬペニーだった。それも当然のことだと、アレクサンドラは自分に言い聞かせた。そして、明るさを取り戻したペニーを見て、心からうれしく思った。ペニーはドクターが口にする一言一言に楽しそうに笑い、アレクサンドラのこの一週間の監視ぶりを、まるで専制君主のようだったとおおげさに嘆いては、みんなの笑いを誘った。アレクサンドラは心中穏やかではなかったものの、ペニーは別に悪意があって言っているわけではなく、単に無邪気なだけなのだと考えようとした。

アレクサンドラはドクター・ファン・ドレッセルハイスが考えこむような顔で見つめているのに気づかないふりをして、ローヴァーの散歩を買って出た。なぜかしばらくは戻りたくなかった。気の毒な犬は、老齢にもかかわらず、彼女の長い散歩につき合わされるはめになった。

アレクサンドラが戻ったとき、三人はさっきと同じように居間で談笑し、クリスマスについて話していた。「帰ってくるのはイブの晩になるな。時間は何時になるかはわからないが」ドクターが言った。

「でも、その前にも帰ってくるんでしょう？」

ペニーの無邪気な問いかけに、さすがのドクターも苦笑した。「ペニー、クリスマスはもうすぐだし、僕には仕事がある。プレゼントを買うだけで精いっぱいだよ。君はなにが欲しい？」

「ドレスがいいわ。そうだ、ターロ、欲しいのがあるの」ペニーは『ヴォーグ』を広げ、目当ての写真をさがし出した。とても美しいドレスだった。淡いブルーのウールで、襟元と手首にフリルがついている。しかも目が飛び出るほどの値段だ。

ドクターはしばらくそのページを眺めてから言った。「ご期待にそえるかどうかわからないが、努力してみよう」彼は続いてミス・スラムズに尋ねた。「伯母様は？」

「あら、うれしいわ。もしもそれほど高価でなければ、手押し車をもらえるとありがたいんだけど」

それにはみんな声をあげて笑った。ドクターが今度はアレクサンドラの方を向いた。「ミス・ドブズ、君はなにがいい？」

ドクターは私を姓で呼んだ。わざと距離をおくためだろうか？　アレクサンドラは寂しさを押し隠し、明るく答えた。「あら、私なら、サファイアで我慢するわ。ネックレスとイヤリングとブレスレットと指輪、全部おそろいでね。それから金色のオルゴールも欲しいわ。天使がまわりながらクリスマスキャロルを奏でるの」そこで彼女はにっこりして言い添えた。「むちゃな注文をするのって楽しいわね。それで、ドクターはなにがお望みですか？」

ドクターは珍しく面くらったような顔をした。「そうだな……田舎の小さい家をもらえるとうれしいね。ちょうどこのコテージのような感じの家を。もちろん家具も住人も込みで」

ミス・スラムズは無言のままほほえんでいる。アレクサンドラがしようとした質問を、ペニーが先まわりしてドクターに投げかけた。「住人って？」

ドクターは無表情で答えた。「もちろん妻だろう？　それから、家に無理なくつめこめる数の子供たちだな」

ペニーは甲高い声で笑った。「ターロって古風なのね。最近では結婚なんて時代遅れなのよ。なんたって自由が一番だもの。同居人は私じゃだめ？」

「それじゃ、僕のそもそもの望みからずれてしまうよ」ドクターは言った。「僕はそれなりに古い人間だから、古風なところは大目に見てくれ」そして、話題を変えた。

アレクサンドラはほかになにもすることがないからと言い訳し、夕食の支度をしにキッチンへ行った。

日曜日も、ドクター・ファン・ドレッセルハイスと顔を合わせることはほとんどなかった。彼は午前中は伯母とともに教会へ行き、午後はペニーを連れて散歩に出た。出かけるときに、これで君もしばらく自由に過ごせるだろうと言った。アレクサンドラはその自由時間を使い、母親宛にできるだけ明るい内容の手紙を書いた。

そのあとはミス・スラムズが甥と二人きりで過ごせるように気遣い、進んでお茶の支度に取りかかった。ドクターは月曜日の朝早くに出発する予定なのだ。夕方になって、ドクターはアレクサンドラに二、三、ペニーの病状に関する質問をした。それは、病院で交わされるのと同じような事務的な会話だった。アレクサンドラはなぜか憂鬱な気持ちになり、体の調子でも悪いのかしらと思いながら、早々に自分の部屋に引きあげた。

翌朝早く目を覚ますと、驚いたことに外はすでに明るかった。珍しくさわやかな陽気に胸を躍らせ、急いで着替えると、コートをはおって庭へ出た。

絵画のように美しい朝の風景だった。暗い冬の日に秋の日和がほんの数時間まぎれこんだ感じだ。薄青の空に昇りはじめたばかりの太陽は、繊細なレースのように渦を巻く朝靄を照らし出している。蜘蛛の巣には朝露のダイヤモンドがきらめいていた。アレクサンドラは芝生の庭を横切り、木立のところまで行くと、鳥のさえずりをまねながら、キッチンから失敬してきたパンをちぎってまいた。

ドクター・ファン・ドレッセルハイスの足音にはまったく気づかなかった。彼が静かにおはようと声をかけたとたん、アレクサンドラはびくっとした。その拍子に、せっかく集まった黒歌鳥や鶫や雀がいっせいに飛び去り、木陰に隠れてしまった。アレクサンドラがややとがめるような口調で挨拶を返すと、ドクターはにっこりして彼女の手からパンの残りを取り、さまざまな鳥の声を巧みに口笛でまねながら、ちぎってまきはじめた。

「まあ、これみよがしに」アレクサンドラがむっとして言うと、ドクターはまたにっこりした。少年のように無邪気な笑顔だった。

「僕の数少ない才能の一つさ。ほら、みんな戻ってきた」

二人はしばらく、鳥がパン屑を食べるのを静かに見守っていた。

鳥が飛び去ってしまったところで、ドクターは言った。「気持ちのいい朝だ」

「まるで天国のようだわ。靄のせいで、すべてが夢みたい……」

「蜘蛛の巣の朝（コブウエブ・モーニング）……このあたりではこう言うんだ。知っていたかい？」

アレクサンドラはにっこりしてドクターを見あげた。「いいえ、初めて聞いたわ。きれいな表現ね」

ドクターは真顔になった。「ああ。君もとてもきれいだよ、アレクサンドラ」彼はひょいと頭を下げ、アレクサンドラにキスをした。「もう行かなくては」

そして、あっさりと立ち去っていった。

車の音は聞こえなかった。おそらく村まで歩いていってタクシーを拾うつもりなのだろう。車はオランダに置いてきているに違いない。イギリスに来るたびに車を運んでいたのでは、かなりの出費になる。たぶん、長年開業資金をためるために倹約し、開業してからも、経営が軌道にのるまでは切りつめた生活をしているのだろう。彼が小さな家と妻と子が欲しいと言っていたことが思い出された。でも、一緒につましい生活をしようという殊勝な心がけの相手が見つからない限り、結婚は先延ばしになるに違いない。そう考えると、アレクサンドラはなんだか悲しくなった。そこでふと、彼に反感を覚えなくなっているのに気づき、自分でも驚いた。今ではむしろ、彼の成功を心の底から願うようになっている。

ドクター・ファン・ドレッセルハイスは心根のやさしい人だ。ペニーへの接し方を見ていればわかる。

そこでまたアレクサンドラははたと気づいた。ひょっとしたら、ドクターが妻として求めているのはペニーなのかもしれない。だから、伯母のもとで暮らせるように手配したのだ。十分回復して、結婚できるようになるまで、ペニーが無事に過ごせるように配慮したのではないだろうか。それに、ペニーもドクターを慕っている。ペニーの気持ちは、命の恩人に対する淡い憧(あこが)れのようなものだと思っていたけれど、それだけではないのかもしれない。確かにペニーはまだ若い。でも、人を愛するのに若すぎるということはないはずだ。

もっとドクターのことを理解できたらいいのにと、つくづく思った。病院にいるときのほうが彼を身近に感じた。たとえば、オフィスで二人きりで過ごした時間とか……。アレクサンドラはぶるっと身震いした。美しい朝の魔法はすでに消えつつある。つかの間の秋は去り、彼女は沈んだ気持ちで家に戻った。

その日のペニーは、いつにもまして扱いにくかった。ドクターがさよならも言わずに帰ってしまったと言って一日じゅうふくれていた。夕方には頭が痛いからと早めにやすんだものの、翌朝の機嫌は最悪だった。アレクサンドラはなんとかなだめて散歩に連れ出し、ミス・スラムズが少しでも平穏な時間を過ごせるように気遣った。ペニーも夜にはだいぶ明るさを取り戻していたが、アレクサンドラのほうはぐったりと疲れきっていた。

そのあとは毎日がクリスマスの準備で忙しくなった。ミス・スラムズは現実主義的な性格かと思いきや、古い習慣やしきたりをすべて守らなければ気がすまないたちだった。外で集めてきた柊(ひいらぎ)の枝や実が飾られ、やどりぎの小枝も数箇所に下げられた。クリスマスには、やどりぎの下にいる異性にキスをしてもいいという習慣がある。アレクサンドラはその場所をひととおり確認し、ドクターが帰ってきたときにはぜったいに避けようと心に決めた。彼にまたキスをされ、自分がうっとりしてしまうことを恐れているからではない。確かに朝の庭でのキスはすてきだったけれど、あれが繰り返されることになったら困るからだ。

アレクサンドラは紙の鎖飾り作りに専念した。その横で、ペニーがファッション雑誌を読みふけっている。周囲がどれほど盛りあげようとしても、ペニーはクリスマスにあまり興味がないようだった。村の教会でのミサにも関心を示さない。彼女の興味の対象は、かわいい服とドクター・ファン・ドレッセルハイスだけだった。もちろん、ショッピングに連れていって、いつも相談に耳を貸してくれるアレクサンドラにも好意は抱いているらしい。ペニーはいつもドクターをタロと呼んでは、まるで自分のものであるかのようにアレクサンドラの前で自慢した。アレクサンドラは、どんなやりとりでもペニーの失われた記憶を取り戻すきっかけになるかもしれないと、熱心に話し相手を務め、ときおりさりげなく質問を織りまぜた。

しかし、記憶喪失に関しては、残念ながら、今のところ回復の兆しは見られなかった。それでも、ペニーの性格については、かなりはっきりとつかめてきたような気がした。ペニーはかなり進んだ考えの持ち主で、人生に対する姿勢には向こう見ずとも言えるようなところがあった。自分の利益に直接関係のないものにはほとんど興味を示さない。持ち前の愛らしさで上手にカムフラージュしているので〝わがまま〟という印象こそ受けないものの、自分勝手であることには変わりなかった。あるいは、事故の影響で性格が変わったのかもしれない。今のところそれを知るすべはないが、ときとして、脳の損傷が人格に思いもかけない影響を及ぼすこともあるのだ。

ある日、アレクサンドラとペニーは町へクリスマスの買い物に行った。アレクサンドラはミス・スラムズに柔らかなモヘアのストールを、ペニーにはシルクのスカーフを買った。ペニーはミス・スラムズが買ってくれたグレーのツイードのコートを着ていたが、淡いブルーのスカーフはそのコートにぴったりだった。ドクター・ファン・ドレッセルハイスには小さな革張りの手帳を選んだ。ペニーもプレゼントの買い物をしていた。アレクサンドラがさりげなく、だれからお金をもらったのかと尋ねると、ターロがみんなにプレゼントを買うようにと渡してくれたという答えが返ってきた。ペニーの口調はどこか不満そうで、ほかのみんなはなぜ彼のようにお金をくれないのかと言いたげだった。

それでも、三人はおおむね楽しい日々を過ごしていた。ミス・スラムズが求める基準が満たされ、家の飾りつけが整うと、今度は料理の支度に取りかかった。ミス・スラムズは七面鳥の丸焼きやクリスマスプディングなどのクリスマスの料理を一手に取り仕切った。しかし、アレクサンドラにもこまごました手伝いが山ほどあった。じゃがいもの皮をむいたり、芽キャベツを洗ったり、干し葡萄(ぶどう)の種をとったり。ミス・スラムズは料理に関してはとても古風で、今どきのパックづめされた食品はいっさい信用していなかった。クリスマスの楽しみの半分は準備することにあるのだと彼女は言った。いつも母にそう言って育てられたアレクサンドラは、それには大きくうなずいた。

クリスマスイブの夜は寒かった。ドクター・ファン・ドレッセルハイスから到着時間の連絡はなく、夜のうちに着くのかどうかも定かではなかった。

ミセス・スラムズはのんびりと構えていた。「ときには飛行機で来ることもあるのよ。船の場合もあるし……。ひょっとしたら明日の朝になるかもしれないわね」

お茶の時間が過ぎ、夕食がすんでも、ドクターが到着する気配はなかった。十一時をまわったところで、アレクサンドラはペニーにベッドに入るよう勧めた。ペニーもだいぶ疲れていたらしく、おとなしく従った。

午前零時が近づくと、ミス・スラムズのしゃんと伸びた背筋もいくらか曲がってきた。「なんだか疲れたわ。申し訳ないけれど、もう少しターロを待っていてやってくれる？　ガス台にスープが用意してあるわ。ウイスキーが置いてある場所はわかるでしょう？」

アレクサンドラは膝にのせたサンボと遊んでいた。「ええ、もちろん。私なら大丈夫です。でも、確かに明日の朝になるかもしれませんね。あとどれくらい待っていたらいいでしょう？」

ミス・スラムズは曖昧に答えた。「そうね、あと一時間くらいかしら。本当に大丈夫？」

それから、いつもどおりローヴァーをいったん庭に放して用足しをさせ、その間に居間の振り子時計のねじを巻いた。それがすむと、ローヴァーを連れて二階に上がった。女主人のいなくなった居間は、しんと静まり返った。

アレクサンドラは眠りこんだサンボを起こしたくなくて、そのままじっとしていた。そして、ガラス戸ごしに、月明かりに照らされた木々の輪郭を眺めた。カーテンはいつも開け放してあり、芝生の庭が見渡せた。鹿がいつもの場所にやってきている。とても穏やかな風景だった。あまりにも心地よいので、アレクサンドラはついうとうとしはじめた。やがて振り子時計が午前零時を打ったとき、はっと目を覚ました。もうクリスマスだ。そろそろ寝る支度をしたほうがいい。アレクサンドラは膝の子猫をそっと抱きあげ、ベッドがわりの古いショールの上に移してから、ガラス戸に歩み寄った。庭には、ドクター・ファン・ドレッセルハイスの姿があった。シープスキンのジャケットを着て、背中をまるめている。足元には旅行鞄（かばん）が置かれ、プレゼントの箱がきちんと積みあげられていた。彼はガラスごしにアレクサンドラにほほえみかけた。彼女があわててガラス戸を開けると、ドクターはまったく急ぐようすもなく、メリークリスマスと挨拶した。

アレクサンドラはドクターを中に促し、プレゼントの箱を運ぶのを手伝い、ガラス戸を閉めて冷たい風を締め出した。「凍えてしまうわ！　いったいいつからいらしたんですか？　ガラスをたたいてくだされぱいいのに」彼女はドクターの袖（そで）を引っぱり、暖炉のそばに連れていった。「肺炎で死んだらどうするんです？」

「肺炎にかかったりはしないよ」ドクターは時計に目をやった。「着いたのは零時五分前だ。君があまり気持ちよさそうにいびきをかいているものだから、起こすのが申し訳なくてね」

「いびき？　わ、私、いびきなんか……。だいいちガラスがあるんだから、聞こえるわけないでしょう？」

ドクターは愉快そうに笑った。「ガラスも揺るがすほどの大いびきだったんだよ。ウイスキーはあるかい？」

アレクサンドラはさっそくウイスキーを取ってきた。「スープがあります。すぐ温めますね」ドクターのそばをすり抜けようとすると、腕をつかまれて引きとめられた。

「起きていてくれてありがとう」

「あら、起きていられなかったじゃありませんか。伯母様はお疲れのごようすで、ドクターをお待ちするように頼まれたんです。ペニーも待っていたいと言ったんですけど、まだ疲れやすいので、先にやすませました」

ドクターはアレクサンドラの腕を放した。「ミス・ドブズ、相変わらず事務的な受け答えに逃げるのが上手だな」

彼の顔を見ると、からかうようにほほえんでいる。だが、そこには疲労も色濃く現れていた。

「疲れていらっしゃるみたい」アレクサンドラはいたわるように言った。「ウイスキーをお飲みになっていてください。すぐにスープをお持ちします。なにでいらしたんですか？」

「風の翼に乗って」思いがけず、ドクターは満面の笑みを浮かべた。アレクサンドラはついほほえみ返してから、キッチンへ行った。

ほどなくして、アレクサンドラはトレイを手に居間に戻った。ドクターのように大柄な男性にはスープだけでは十分でないように思えたので、パンとチーズとミンスパイも添えた。キッチンを離れる前に、コーヒーの準備もしておいた。ドクターは椅子にぐったりと身をあずけて目を閉じていたが、彼女がトレイを置くと、すぐに目を開けた。

「ごちそうだな」彼はうれしそうに言い、黙々と食べはじめた。

「事務的な能力もたまには役に立つでしょう？」アレクサンドラは言った。そしてコーヒーを運び、自分も暖炉の前の革張りのスツールに腰を下ろして飲んだ。二人はほとんど言葉も交わさなかった。ドクターはミンスパイの最後のひとかけらを口に運び、コーヒーで流しこんだ。彼は食欲旺盛だった。もう疲労の影は跡形もない。

ドクターは立ちあがり、プレゼントの山を引き寄せた。「これが君の分だ」

「私の？」

「まさか仲間はずれにされるとは思っていなかっただろう？」

「いいえ、ツリーの下に置いておくものだとばかり……」アレクサンドラは部屋の隅のクリスマスツリーを指さした。美しく飾られたツリーは、あとはキャンドルがともされるのを待つばかりだった。ミス・スラムズは電飾を好まないらしい。

ドクターは首を横に振り、色鮮やかにラッピングされた箱を差し出した。「開けてごらん」そこでいきなり笑った。「残念ながらサファイアじゃない。それはまた次の機会にね」

アレクサンドラは包みを解く手をとめ、冗談なのか本気なのかわからずにドクターの顔を見た。もちろん冗談に決まっている。彼は例のからかうような笑みを浮かべていた。箱の中には、金色のエンジェルが真綿に包まれておさめられていた。アレクサンドラはそれを取り出し、暖炉の上にそっと置いた。

「なんてきれいなの」思わずため息が出た。「ほんの冗談だったのに……こんな高価なものを……」そして、彼の顔をまっすぐに見た。「ドクター・ファン・ドレッセルハイス、ありがとうございます」

「ターロと呼んでくれ」

「わかったわ……ターロ」

ドクターはオルゴールに手を伸ばし、ねじを巻いた。エンジェルがくるくるまわりながら《まぶねの中に》を奏ではじめる。まるで妖精が弾くピアノのような愛らしくやさしい音色だった。

「本当にクリスマスがきたのね」アレクサンドラはほほえんだ。だが、ドクターがあまりにもじっと見つめているので、どぎまぎして立ちあがった。「お互いそろそろやすんだほうがいいんじゃないかしら？　あと片づけは明日の朝するわ。お部屋はもうご用意できていますから」

かがんで小さなエンジェルを手に取り、再び体を起こしたとき、なぜかドクターの腕に包まれていた。

「やどりぎがあったということにしよう」アレクサンドラが驚きの声を発したとたん、その口を彼のキスがふさいだ。「それじゃ、おやすみ」

　アレクサンドラはエンジェルを大事そうに抱きながら二階に上がった。とても振り返ることなどできなかった。自分の顔に表れているはずの感情をドクターに見られるわけにはいかない。こんな気持ちになったのは初めてだ。未知の感情が胸を突き破らんばかりにわきあがってくる。わくわくするような興奮とときめき。そう、これはクリスマスのせいよ。

　彼女はてのひらで包みこんだエンジェルに目を落とした。クリスマスとはなんの関係もないことは、自分がいちばんよくわかっていた。今がどんな季節でも、私はドクター・ファン・ドレッセルハイスに恋をしていたに違いない。

　やがてアレクサンドラはベッドに入った。すっかり目がさえ、このぶんだと一晩じゅう眠れそうにない……。もちろんそれは間違いだった。彼女は頭を枕（まくら）につけたとたん眠りに落ち、夢も見なかった。


　翌朝早くに目覚めたアレクサンドラは、居間に置きっぱなしにした食器のことを思い出した。しかし、階下へ下りていくと、なにもかもきれいに片づけられ、暖炉の灰も掃除されて、新たな火がおこしてあった。ドクターがキッチンからおはようと声をかけた。「それから、改めてメリークリスマス、事務的なミス・ドブズ。ゆうべのパーティのあと片づけをしようと思って来たのかい？」

　ドクターと顔を合わせたとき、自分がどんなふうに感じるのか、アレクサンドラには予想もつかなかった。ときめきが胸にわきあがると同時にあわてて抑えつけた。メリークリスマスと挨拶を返し、次になんと言おうか考える。しかし、ドクターのほうが口を開いてくれたので、悩む必要はなくなった。

「心配いらないよ。僕はこう見えても片づけが得意なほうでね」彼はからかうようににやりとした。

「お茶をいれたんだが、一杯どうだい？」

紅茶を飲みたいのはやまやまだが、これ以上彼にからかわれるのはたまらない。「いいえ、けっこうです。ペニーのところへ持っていくわ。今朝は朝食に下りてくるでしょうけど」アレクサンドラはかすかにほほえんだ。「あなたがいるから」

ドクターはそれを聞き流し、紅茶の入ったカップとソーサーをアレクサンドラに渡して、こぼさないようにと言った。アレクサンドラはむなしさを覚えながら紅茶を二階に運んだ。

三十分後、全員が居間に集まった。プレゼントはすでにクリスマスツリーのまわりに置かれている。朝食はゆで卵とトーストだけだとミス・スラムズが言った。十時までに教会へ行かなければならないからだ。

それが暗黙の了解であったかのように、みんなはまずペニーがひととおりプレゼントを開けるのを待った。プレゼントの山の前に座り、興奮で頬を薔薇(ばら)色に染めたペニーは、愛らしさを絵に描(か)いたようだった。彼女はプレゼントを開けるたびに、声をはずませて贈り主に礼を言った。アレクサンドラが選んだスカーフ、ミス・スラムズが毎晩こっそり編んでいた手袋、美しい箱に入ったチョコレート。アレクサンドラはプレゼントの数が寂しいといけないと思い、香水も一瓶添えておいた。

プレゼントの山のいちばん下には、大きな平たい箱があった。ドレスの箱だ。豪華なリボンがかけられた箱の中身がなにか、アレクサンドラには見る前から予想がついた。ペニーは箱を開けるなり嬌声(きょうせい)をあげ、ドクター・ファン・ドレッセルハイスの首に抱きついてキスをした。満足そうにほほえんでいるドクターを見ながら、アレクサンドラはクリスマスイブの出来事を全部消してしまえたらと思った。昨夜遅くまで起きて彼を待っていたりしなければよかった。そうすれば、彼に恋していることに気づかずにすんだのに。そこでエンジェルのオルゴールのことを思い出し、なんとか涙をこらえた。

「まあ、ペニー、すてきだわ！」アレクサンドラは言った。「教会から帰ってきたら、着てみせてね」

ペニーが顔をしかめた。「ああ、教会ね。ターロ、あなたは行かないのよね？」

「行くに決まっているじゃないか」

ペニーはそれを聞くとすぐに機嫌を直し、ドレスを手にいそいそと二階へ上がっていった。

ミス・スラムズが言った。「ペニーはとてもうれしそうだったわ。よかったわね、ターロ」彼女はさらになにか言いたそうにしていたが、思い直したように口をつぐんだ。そして、少ししてから言い添えた。「もちろん、私もよ。手押し車のおかげで、庭いじりがますます楽しくなるわ。アレクサンドラはサファイアをもらったのかしら？」

アレクサンドラはドクターと目を合わせないようにして答えた。「もっとずっとすてきなものです。小さな金色のエンジェルをいただきました。あとでお見せしますね」

アレクサンドラも部屋に戻った。しばらく一人になりたかった。彼女は部屋の真ん中に立ち、窓の外を眺めた。ドクター以外のことならなんでもいい、この世のどんなことでもいいから、とにかく彼以外のことを考えようと思った。やがて、再び階下に下りた。いつもどおりの落ち着いた表情で、ドクターからのプレゼントを胸にかかえて。いくらか青ざめているかもしれないが、だれにも気づかれることはないだろう。

四人はモーリスに乗りこみ、クリスマスキャロルを歌いながら教会へ向かった。ペニーは歌おうとしなかった。アレクサンドラは彼女を観察した。ミサの間もほとんど心ここにあらずといった状態で、なにか別のことを考えているように見えた。おそらく早く新しいドレスを着たくて気もそぞろなのだろう。アレクサンドラは聖歌を歌いながら、頭の中では、ドクターがプレゼントに費やした大金のことを考えていた。あの淡いブルーのドレスは百ポンドはするはずだ。それだけではない。色鮮やかなブレスレットや本革のバッグや箱入りのマロングラッセもあった。彼女はペニーの向こう側に座っているドクターの方を横目で見やった。いつもながら隙のない着こなしだが、そのグレーのスーツが着古したものなのは一目瞭然だ。クリスマスプレゼントを買うために、いったいどれだけ無理をしたのだろう？　きっと自分のものは買わずに我慢したに違いない。

四人は帰宅すると、シェリー酒とミンスパイとコーヒーで昼食をすませた。七面鳥はすでにオーブンに入れてある。プディングも深鍋の中で蒸しあがっている。アレクサンドラが忙しくテーブルの準備をしていると、ペニーはいったん二階に消え、すぐに新しいドレスをまとって下りてきた。淡いブルーがよく似合う。ペニーはくるりとまわってみせてからドクターの隣に腰を下ろした。ミス・スラムズとアレクサンドラがディナーの準備をしている間、二人は楽しそうにおしゃべりをしていた。

ミス・スラムズに話しかけられて、アレクサンドラはキッチンに注意を引き戻された。「本当に明るくなってよかったわ。まるで別人みたいね」

アレクサンドラはうなずいた。ワインカラーのドレスにエプロンをつけた彼女は、乱れた髪を手で撫でつけてから答えた。「彼女、兄弟か恋人でもいるんじゃないかしら？　ドクターと一緒にいると、とても楽しそうですもの」

ミス・スラムズは七面鳥の焼け具合を注意深く確かめ、再びオーブンを閉めた。「ターロのほうもずいぶん楽しそうね」彼女は冷ややかに言った。「若い子と一緒にはしゃぐことなんて今までなかったでしょうに」

「だからこそよけいに楽しいんじゃありません？　芽キャベツを盛りつけましょうか？」

「ええ、お願い。あと、その二つをテーブルに運んでくれる？」

アレクサンドラはエプロンをつけたまま料理を運んでいった。頬がほてり、顔が少し汗ばんでいるのはわかっている。ペニーとターロはやどりぎの下にいて、アレクサンドラの見る限り、せっかくの機会をおおいに利用しようとしていた。

「あら、おじゃまだったかしら？」彼女は無理に明るく言った。二人が振り向いたところで、さらに続ける。「私たち、お互いにタイミングの悪いときに現れる癖があるみたいですね、ドクター？」

ドクターはまったく動じていないようすだが、ペニーのほうは頭から湯気が出そうな顔でにらみつけている。

「伯母様がキッチンにいらしてくださいって。七面鳥を切り分けてほしいそうよ」アレクサンドラはそう言ってキッチンに戻ろうとした。みっともない姿なのはわかっている。一方のペニーは、チョコレートの箱の絵柄から抜け出たようなかわいらしさだ。

「ちょっと待って」ふいにドクターが言った。アレクサンドラがためらっていると、彼は頭上のやどりぎの小枝を折って彼女のところまで歩いてきた。あまりにも唐突な行動だったので、逃げる余裕もなかった。それでもアレクサンドラはとっさに顔をそむけ、彼のキスは唇からそれた。我ながら、なぜそんなことをしたのかわからなかった。たぶん、ペニーの焼けつくような視線が気になったからだろう。ドクターは愉快そうなまなざしでほほえみかけている。アレクサンドラもほほえみ返した。それから彼はアレクサンドラの向きを変えさせ、腕をつかんだ。

「それじゃ、今度はユーフェミア伯母さんの番だ」

そして、キッチンへ向かった。

ペニーはクリスマスの午餐(ディナー)の間もずっとふくれているかと思われたが、まわりがそれを許さなかった。テーブルではにぎやかな会話がはずみ、ドクターは過去の手がかりを引き出すような質問をときおりペニーに投げかけた。しかし結局、収穫はないままディナーは終わった。食事のあと、彼は大柄な体にアレクサンドラのエプロンをつけ、あと片づけをした。ペニーはとくに手伝うでもなく、ただ彼のそばに張りついて、アレクサンドラを牽制(けんせい)していた。

そのあとは、これといってすることもなくなった。ペニーは疲れていて散歩に行く気にはならないと言い、アレクサンドラもドクターの誘いを断った。夕方になると、ペニーがますますご機嫌ななめになってきたので、アレクサンドラはキッチンに逃げこみ、夕食の準備をしたり、ローヴァーやサンボの面倒をみたりして過ごした。そして、夜はずっとミス・スラムズの相手をした。

翌日は四人そろって散歩に出ることになった。ローヴァーは右へ左へうろうろし、一同は何度も犬が追いつくのを待ってやらなければならなかった。ドクターは大股に前を歩き、ペニーがその隣にくっついている。そのときはまだ、彼女がすねていることはわからなかった。やがてドクターが歩調をゆるめて伯母やアレクサンドラに近づいてくると、アレクサンドラはすぐにペニーと肩を並べた。ペニーはアレクサンドラの隣を歩きながらも、彼女の質問にはいっさい答えず、じっと前をにらんでいた。

すると、ドクターが二人のもとへやってきて、火に油をそそいだ。「伯母さんのところへ行ってやってくれるかい、ペニー？　アレクサンドラに話があるんだ」

それはペニーの病状に関する相談だった。完全に事務的なやりとりだったが、ペニーがそう考えていないのは、彼女の表情を見れば明らかだった。その晩、ペニーはほとんどアレクサンドラとは口をきかず、頭痛がすると言って早い時間にベッドに入った。

翌朝の朝食の席では、ペニーは再び周囲に愛嬌を振りまいた。アレクサンドラがミス・スラムズに頼まれて村のミセス・ディードのところへ卵を分けてもらいに行くと知ると、ペニーは一緒に行くと言いだした。アレクサンドラは驚いた。ドクター・ファン・ドレッセルハイスは今日の午後には帰ることになっていて、ペニーは一分一秒でも長く彼のそばにいようとするものと思ったからだ。ドクターがつき合おうかと申し出たが、アレクサンドラはきっぱりと断った。彼と伯母が二人きりになる時間はほとんどなかったので、二人で相談したいこともあるのではないかと気をまわしたのだ。そして、ドクターのことはもういっさい考えまいと心に決めた。そんな誓いは守れるはずもなかったが、何事も努力しないよりはしたほうがいい。

驚くべきことが起こったのは帰り道だった。卵の入ったバスケットを後部座席に置き、助手席にはペニーが座っていた。ペニーはずっと機嫌よくおしゃべりをしていたが、突然ハンドルに手を伸ばしてきて、勝手に操作しようとしたのだ。

車は路上で半回転し、うしろのバンパーから道路わきの木立に突っこんだかと思うと、また急発進した。アレクサンドラは驚いてペニーを押しのけ、なんとかハンドルを操作しようとした。ペニーが再びハンドルを奪おうとしてきたので、アレクサンドラは右手でハンドルをつかみながら、左手で彼女の頬を思いきり平手打ちした。「ごめんなさい、ペニー」アレクサンドラは震える声で言った。「でも、あなたがこんなことをするから」

ペニーは泣きだしたが、アレクサンドラは道路から目を離さなかった。ほかの車が見当たらないのを確かめて、スピードを上げ、一刻も早く帰ろうとした。ほっとしたことに、すぐにコテージが見えてきた。どうしようもないほど手が震えている。大声で泣き叫びたかったが、ぐっとこらえて玄関の前に車をとめ、エンジンを切った。そして、いったいどういうつもりか問いただそうとペニーの方を向いた。ドクターとミス・スラムズが玄関ポーチに立っているのにはまったく気づかなかった。しかし、ペニーには二人が見えていた。彼女は車から飛び出し、泣きながらドクターの胸に飛びこんだ。

「アレクサンドラったらひどいのよ！」ペニーは悲しげに泣きじゃくりながら訴えた。「私をぶったの。彼女がいきなり車をまわして木に突っこんだから、私はハンドルを押さえようとしたの。そうしたら、思いきり……」

　アレクサンドラは口を開きかけたが、なにも言わずに閉じた。ペニーは錯乱状態にあるのだ。しばらくして落ち着いたら、なにが起きたか説明すればいい。

「ペニーをぶったのか？」ドクター・ファン・ドレッセルハイスが驚いた口調で尋ねた。

「ええ、平手で。そうでもしなかったら……」

「これほど強くぶつ必要があったのか？」驚きは消え、冷ややかな口調に変わっている。

　アレクサンドラはペニーを見た。確かに頬に赤い跡がついている。でも、あのときぶたなかったら、頬が腫(は)れる程度のことではすまなかったはずだ。

「ええ。やむをえませんでした」

「アレクサンドラは私に思い出させようとしたのよ」ペニーが相変わらず哀れっぽい口調で訴えた。「でも、私がなにも思い出さないものだから、かっとなったの。車も傷ついているはずよ。音がしたもの。たぶん、うしろのバンパーだと思うわ」

　そのとき、ミス・スラムズが初めて口を開いた。

「なにがあったにせよ、アレクサンドラの言い分もちゃんと聞くべきだと思いますよ。とにかく、寒いところに立っていないで、中に入りましょう」

居間に入ると、アレクサンドラはコートを脱ぎ、ドクターがペニーの手当てをするのを眺めた。彼は診察鞄からなにか出してきて、すでに赤みの消えはじめているペニーの頬に当てた。それがすむと、彼女の頬に軽くキスをした。アレクサンドラは怒りの声をあげたいのをこらえ、横を向いた。けれど、それもほんのつかの間のことだった。彼女はまたすぐに二人に視線を戻し、冷静に事態を説明できるように心を落ち着けた。

ドクターは先ほどと同じ冷ややかさで言った。

「君は安全運転を心がけていると思っていたが」

冷静さはいっきに吹き飛び、かわりに怒りがわきあがった。「ええ、そうでした。突然、スリルに目覚めたってことかしら？」

その受け答えにはドクターもいらだちをあらわにした。「ふざけている場合ではないだろう」

「あらそう？」抑えようとしても、声が甲高くなる。「だったら、どうすればいいんですか？　ミス・スラムズは私の言い分も聞こうとおっしゃってくださったけど、あなたは耳も貸そうとしないじゃありませんか」

「なにを言ってるんだ。もちろんちゃんと聞くつもりだったさ」

「ご冗談でしょ！」怒りはますますつのった。アレクサンドラは目をきらめかせ、頬をほてらせた。「そんなつもりもないくせに。だれの話を信じるかはすでにお決めになっているようですから、もうこれ以上時間をむだにする必要はありませんわ。私の後任なら、簡単に見つかるでしょう。もっと運転経験の豊富な人間がね。それでは失礼します。荷造りがありますので」

アレクサンドラはドアに向かう途中、ペニーの前で足をとめた。ペニーはまだドクターの胸に寄り添っている。

「私が気に入らないのなら、口で言えばすむことでしょう?」穏やかな口調で言った。「あんなことまでしなくてもいいはずよ」

アレクサンドラは精いっぱいの威厳を保って居間から出ると、静かにドアを閉めた。そして階段を駆けあがり、記録的な速さで荷造りをすませた。雑に荷物をつめこみながら、これでせいせいすると自分に言い聞かせ、ぜったいに泣くまいと心に決めた。事をせくのは愚かだとわかってはいたが、もうどうでもよかった。とにかくこの家から出たかった。いや、それ以上に、自分を信じてくれないドクター・ファン・ドレッセルハイスのもとから一刻も早く逃げ出したかった。

5

アレクサンドラが重いスーツケースを引きずるようにして階段を下りていくと、一階はしんと静まり返り、廊下にも人けはなかった。廊下をよろよろと進みながら、このまま村まで歩いていってタクシーを拾わなければならないと気づいた。

居間のドアの前を通ったとき、いきなりドアが開き、ドクター・ファン・ドレッセルハイスが現れた。ドクターはアレクサンドラの腕に手をかけて引きとめ、スーツケースを奪い取って自分の背後に置いた。スーツケースを取り戻したいなら、彼を押しのけなければならない。あいにくそんな力はなかった。アレクサンドラはなすすべもなく、ドクターと目を合わさないようにしてじっと立っていた。

ドクターが口を開いた。「アレクサンドラ、すまなかった。居間に来てくれるかい？　君と話がしたいんだ」

アレクサンドラは怒りに燃える瞳を彼に向けた。

「いいえ、お断りよ」

すると、ドクターは彼女をそっと抱きあげ、居間の戸口の内側に立たせてから静かにドアを閉めた。

「君が怒るのも無理はない。だが、いつもの君なら、もっと理解してくれるはずじゃないか。僕の立場になってみてくれ。ペニーはヒステリーを起こすし、君は幽霊みたいに青ざめて震えているし……」

「私は震えてなんかいなかったわ……」

「いや、震えていたよ」ドクターはからかうように言ってから、急に真顔になった。「命を落としていたかもしれないんだからな」

「ご冗談でしょ？　あの車で？　時速四十キロ以上は出せないのよ。こんなことで大騒ぎしないでほしいわ」

「〝ご冗談でしょ〟ととぼけるのは君の悪い癖だ。しかし、今は君の欠点を攻撃している場合じゃない。君のいいところに目を向けないとね」ドクターはアレクサンドラの顔を見つめた。「看護師としての君がいかに優秀であるかに。君のおかげで、ペニーはめざましく回復した。君は違うと言うかもしれないが、ペニーは君を好いている。ついさっきも言っていたよ、事故のことはなにも覚えていないとね」

アレクサンドラは目をまるくしてドクターを見た。

「覚えていないですって？　でもさっきは……あなただって聞いたでしょう？」

「ああ、確かに聞いた。だが、なにも覚えていないと言い張るんだ。気がついたら居間にいたと」

アレクサンドラは相変わらずドクターの顔を見ていた。だが、ペニーのことを考えていたわけではない。ドクターはあまりにも近くに立っていた。ほんの少し前に体を傾ければ、彼の肩に顔をうずめることができそうだ。そうやって思いきり泣いたら、この千々に乱れた気持ちもどんなにか楽になるだろう。

「君は別のことを考えているようだな」口調はそっけないものの、ドクターのまなざしは真剣だった。

「なにを考えているんだい、アレクサンドラ?」

その質問には答えないほうが賢明だった。「あなたはどうするつもりなんですか?」

「まずは君に、二階へ行って荷物を解いてくれるように頼む。必要なら懇願してでもね」

アレクサンドラはそこで初めてどれほど不安だったかに気づいた。心の底では、彼が自分を黙って行かせたらどうしようかと思っていたのだ。そして今、安堵感に包まれながらも、あくまで冷ややかに言った。「私がいたほうが役に立つとお思いになりますか?」

「ああ。今日の午後起きたことは、あくまでも氷山の一角だ。ペニーは無意識に行動したんだよ。僕たちでできる限りのことをしてやらなければならない。君も協力してくれるかい?」

アレクサンドラはドクターの顔をちらりと盗み見た。からかっているような表情ではない。「わかったわ。こんな私でもお役に立てるのであれば。とりあえず、部屋に荷物を戻しに行ってきます。それとも、ほかにもなにかお話はある? そうだわ、私が傷をつけてしまったミス・スラムズの車は?」

「それは僕がなんとかしておくよ。今回のことは、できるだけ口にしないほうがいいんじゃないかと思う。近々ドクター・スラッシュに会う予定があるんだ。そろそろペニーについてもっと詳しい診断をする頃合かもしれないな」

ドクター・ファン・ドレッセルハイスはアレクサンドラのスーツケースを持ち、先に立って階段をのぼっていった。

その日の午後、ドクターが帰ったあと、女性三人で居間に座っているとき、アレクサンドラは改めてペニーの奇異な行動を思い出していた。ドクターはペニーが無意識に行動したのだと言っていたが、とてもそうは思えなかった。ハンドルを奪おうとしたときの彼女の目は、自分のしていることをはっきりと自覚している者の目だった。だとしたら、目的はいったいなんだったのだろう？

それから一週間、その謎を解くヒントはなに一つ見つからなかった。ペニーのアレクサンドラに対する態度は以前とまったく変わらず、愛らしく甘えたり頼ったりという感じで、敵意を示すようなところはみじんもなかった。二人は一緒に散歩に出たり、ニーダム・マーケットに買い物に行ったりした。ペニーは、天気がよければ自分から進んで庭を散歩するようになり、アレクサンドラとミス・スラムズはその進歩に手を取り合って喜んだ。

ドクター・ファン・ドレッセルハイスは一月一日に帰ってきた。ペニーはまだベッドで寝ていて、アレクサンドラとミス・スラムズが忙しく朝食の支度をしているところだった。彼が突然キッチンの戸口に現れたので、アレクサンドラは驚いた。ところが、ミス・スラムズのほうは平然とした顔で、フライパンに割り入れる卵の数をふやしただけだった。

「あら、よく来たわね。アレクサンドラ、山ほどトーストを焼いてちょうだい。それじゃとても足りないわ」ミス・スラムズは頬に甥のキスを受けると、すぐに注意をフライパンに戻した。

アレクサンドラはドクターと目を合わせないようにしながらパンを切った。彼に会えてどれほどうれしいか、知られてしまうのが怖かった。一言おはようございますと挨拶すると、またパンに集中した。それからようやく気持ちが落ち着いたところで、彼に尋ねた。「どこでおやすみになったんですか？

朝一番のフェリーは今港に着くころでしょう？」

ドクターはテーブルの反対側から手を伸ばし、トーストを一枚取った。「フェリー以外にも交通手段はある」彼はトーストにバターを塗った。「ペニーのようすは？」

「健康状態は良好です。気分もとてもいいみたい。そうですよね、ミス・スラムズ？」

「ええ、そうね。それにしても、あなたがここにとどまってくれて本当によかったわ、アレクサンドラ。かわりに見ず知らずの人が来たりしたらいやだもの」ミセス・スラムズは甥に目を向けた。「仕事は忙しいの、ターロ？」

ドクターはトーストを一口かじった。「まあまあですよ。なんとかドクター・スラッシュとも会えて、あれこれ相談しました。ペニーをオランダに連れて帰って、ファン・トーレル教授に診てもらおうかと思っているんです。もちろん、伯母さんとアレクサンドラにも来てもらいたい」ドクターは二人にほほえみかけた。「今夜出発しましょう」

ミス・スラムズは目玉焼きを皿に移している。

「それはいい考えだわ、ターロ」

アレクサンドラはパンを切る手をとめた。ふだんは冷静沈着な彼女もあっけにとられていた。まともな人間なら、朝食の時間にいきなりやってきて、その日のうちにみんなで外国へ行こうなどとは言わないものだ。まったく、どこまで横暴なのだろう。なにを命じようと、相手がおとなしく従うとでも思っているのだろうか？

どうやら思っているようだ。ドクターは再び身を乗り出し、二枚目のトーストを手に取って言った。「アレクサンドラ、君がいつもパスポートを持っているようなタイプだといいんだが」

「確かにスーツケースに入れていますけど」アレク

サンドラはむっとして言い返した。「でも、そんなに急に海外に行くなんて、考えられないわ。いくらなんでも非常識です」

「意外に臆病なんだな。君はまだ若いし、健康だ。思いがけない旅を楽しむくらいの大胆さはあってもいいはずじゃないか。まさか怒りだすとは思わなかったよ」ドクターはにやりとして言い添えた。「ごらん、伯母なんて眉一つ動かしていないぞ」

「私はあなたの伯母様ではありませんから」アレクサンドラは言った。「それに、私は怒ってなんかいないわ」そこでドクターと目が合い、なぜか急におかしくなって噴き出した。

「そのほうがいい」ドクターはテーブルごしに身を乗り出し、彼女の鼻の頭にキスをした。「そろそろ朝食にしてくれないか。腹が減って死にそうだ」

食事の間、アレクサンドラはオランダ行きに関する話についつい引きつけられていた。ペニーの朝食はいつもどおりベッドに運び、ドクター・ファン・ドレッセルハイスの指示どおり、彼が来ていることは内緒にしておいた。三人はキッチンのテーブルでオランダ行きについて話し合った。というよりは、ドクターが一人で話し、ミス・スラムズとアレクサンドラは彼の皿やカップにおかわりを用意するのに手いっぱいだった。まずはバンパーの修理も終わっているモーリスで出発し、ハリッジの港から夜行フェリーに乗るということだった。

「目的地は？」アレクサンドラは尋ねた。「少なくともその程度のことは家族に知らせておかなくちゃ」

「ライデンの近くだよ。ライデンというのは、ハーグの北東七十五キロの町だ。すぐにお母さんに電話しなさい。到着したときに、もう一度連絡を入れて、住所を知らせるといい」

アレクサンドラは眉をひそめた。「持っていく服がないわ」そう言ったとたん、彼女は後悔した。

ドクターは遠慮のかけらもないまなざしでアレクサンドラの全身を眺めまわした。「現地に着いたら、必要なものを買えばいいんじゃないのかい？　服がないと言うが、僕に言わせれば、君は今だって残念なほどたくさん着込んでいるよ」

「タ一ロ」ミス・スラムズが厳しい口調でたしなめた。

「なにかまずいことでも言いましたか？」いたずらした子供がとぼけているような口ぶりだ。アレクサンドラは笑いをこらえるので精いっぱいだった。ドクターは彼女の方を見て言った。「ドレスが一着、コートが一枚、下着がひとそろい、それにストッキングと靴と帽子。全部そろっているじゃないか。そうだろう？」

女性二人は顔を見合わせた。「まったく、男の人っていうのはなにもわかっていないんだから」アレクサンドラはため息をついた。

「ええ、ほんのこれっぽっちもね」ミス・スラムズも同意した。「でも、私から見ても、あなたが今持っている服で十分だと思いますよ」

ドクターはにっこりした。「ありがとう、伯母さん。アレクサンドラも伯母さんの言葉になら耳を貸すと思います」彼はおかわりを求めてコーヒーのカップを差し出した。「これで決まりだな。ペニーには、あとで下りてきたときに話そう」

アレクサンドラは事のなりゆきにすっかり面くらっていた。「滞在期間はどれくらい？」

「さあ。二週間か、三週間か……。ファン・トーレル教授しだいってところだな。彼が何者か知らないだろうね。ライデン医科大学院（メディカルスクール）の教授で、健忘症の権威なんだ」

「そうだわ、ペニーにはパスポートがないんじゃない？　どうやって外国へ行くの？」

「その件ならすでに解決ずみだ。一時的な渡航許可を申請したよ。特別措置としてね。港へ行く途中で受け取る手はずになっている」

こちらがなんと言おうと、行くことは決定しているようだ。もちろん、そんなことは最初からわかっている。アレクサンドラはドクターの強引なやり方に反発を覚えたものの、彼の故国が見られると思うと胸がわくわくした。

しかし、そのときめきはまたたく間に消え去った。アレクサンドラは、ドクターがペニーにオランダ行きの計画について話す場面に居合わせた。ペニーは大喜びで、ドクターも上機嫌だった。ペニーが〝私をオランダに連れていかれてうれしい？〟と甘えるように尋ねると、ドクターは〝ずっとそうできればいいと思っていたよ〟と答え、彼女の肩を抱いた。アレクサンドラは自分の胸にわきあがる感情の激しさに驚き、なんとかほかのことを考えようとした。荷造りもしなければならないし、二週間家をあける準備もある。

ミス・スラムズは近所の友人のところへサンボとローヴァーを連れていった。ドクターは車の整備に忙しく、ペニーは相変わらず彼にべったりとくっついていた。アレクサンドラがペニーに荷造りは自分でするのかと尋ねると、あなたがしてくれるととてもうれしいと愛らしく答えるので、ペニーの部屋へ行き、数少ない衣類を、ミス・スラムズが用意したスーツケースにつめた。

一同は遅めの昼食をとり、お茶の時間の前に出発した。途中、州都イプスウィッチに立ち寄り、ドクターとペニーは彼女のパスポートを受け取りに行った。その間、ミス・スラムズとアレクサンドラはグレート・ホワイト・ホース・ホテルに一足先に行って、四人分のお茶を注文した。二人は三十分後にやってきた。ペニーはこの上なく幸せそうな顔をしていた。

アレクサンドラは、ドクターのペニーに対する関心はあくまでも医師としてのものだと考えていたが、それは自分の思い込みなのではないかという気がしてきた。そんなふうに自分をごまかすなんて、まるで恋に夢中の女学生だ。

波立つ心を押し隠し、アレクサンドラはミス・スラムズがついでくれた紅茶を笑顔で受け取った。自分の人生が望みとはまるで違う方向に進んでいるように思えた。考えてみれば、この数週間、幸せな気分になったことがない。アンソニーの一件以来、ただの一瞬も……。そこでふと、マフィンをフォークで口に運ぼうとしていた手をとめた。あるじゃないの。あの蜘蛛の巣の朝（コブウエブ・モーニング）のことを、どうしたら忘れられるの？

夢のようなひとときを思い出し、アレクサンドラは思わず笑顔になった。だが、ドクターに見られているのに気づき、はっとして彼の顔を見た。ドクターはどこか愉快そうな、まるですべてを見透かしているかのようなまなざしを向けていた。アレクサンドラは口にすべき適当な言葉が見つからず、ただ彼を見つめ返した。ドクターのほうも話しかけようとはしない。次の瞬間、彼があまりにも温かい笑みを浮かべたので、アレクサンドラはもう少しで自分でも思いがけない言葉を口にしてしまいそうになった。

しかし、幸いにもそのとき、ミス・スラムズが紅茶についてのありきたりな感想を述べ、魔法のような雰囲気は消え去った。アレクサンドラはマフィンを口に入れ、恥をさらさずにすんだことにほっとした。

お茶のあと、しばらく近くを散策してから、一行はさらに南下し、夕食どきにはフィリックストウで小休止した。一行が立ち寄ったホテルはあまりにも豪華で、メニューの金額はどれも目が飛び出るほどだった。アレクサンドラはかなりおなかがすいていた。自分で払おうかとも思ったが、そんなことをすればドクターの機嫌を損ねるのはわかりきっている。そこで、比較的値段の安いオムレツを選んだ。そのあとペニーがいちばん高い料理を選んだので、アレクサンドラは自分が我慢しておいてよかったとつくづく思った。ドクターはしばらく考えてからオムレツを選んだ。

フェリーの客室は半分ほどが空室だった。アレクサンドラはすぐにペニーを客室へ連れていった。

「今夜は早めにやすんだほうがいいわ」

ペニーは服を脱ぎ散らかしながらベッドに座り、いぶかしげな目でアレクサンドラを見た。「これからどうするつもり？　ターロとおしゃべりしに行くの？」

アレクサンドラもコートを脱いだ。実はそうできればと願っていた。「いいえ、私も今夜はもう寝ることにするわ」

翌日、早い時間に朝食をとったあと、フェリーは目的地に到着した。

予想どおり、ペニーは考えうる限り最も愛らしい態度でドクターの隣の助手席に座り、アレクサンドラは後部座席にミス・スラムズと並んで乗りこんだ。もちろん不満があるわけではない。ミス・スラムズは意外にも観察力にすぐれていて、窓の外を眺めながら彼女の解説を聞くのはとてもおもしろかった。

車は高速道路を避け、それと並行して走る一般道を進んでいった。モーリスはいい車だが、スピードではメルセデスやシトロエンに遠く及ばない。同じフェリーから降りてきたほかの車にせきたてられずにのんびり走るには、それがいちばんいい方法だった。

しばらくは平凡な田園風景が続いていたが、やがて小さな森や木立が目立つようになった。「もうそろそろライデンよ」ミス・スラムズが言った。

車は小さな町の中心部を通り抜けた。まさにアレクサンドラが思い描いていたとおりのオランダの風景だった。切妻屋根の古めかしい家々、並木に縁取られた運河、石畳の通り。あたりの空気にさえ、古きよき時代のすがすがしさが感じられる。アレクサンドラはもっとゆっくりと眺めたかったが、ドクターは彼女の気持ちも知らず、水辺に沿った郊外の道に軽快に車を走らせていく。進むにつれて木立は密になり、ところどころ開けた場所に農家らしき家々が見えるようになった。やがて再び景色が変わり、鉄製の高い柵が目の前に現れた。中には大きな屋敷が立っているのだろう。よく手入れされた芝生の庭や、春になれば色鮮やかに彩られるに違いない花壇が見えた。

「すてきなお屋敷ね」アレクサンドラは首を伸ばした。

「私もそう思いましたよ。最初に来たときからね」ミス・スラムズがうなずく。「来るたびに、なんて優雅なのかと思うわ」

ドクターは車を石の門柱の間に進めた。砂利敷きの私道を五十メートルほど進んだところに噴水があったかと思うと、すぐに目の前が開け、広々とした前庭に着いた。屋敷は白い石造りでかなり大きく、広いポーチは堂々たる支柱に支えられていた。玄関のドアはつややかな黒に塗られている。大きな窓の枠も黒く、建物の横に造られたバルコニーには錬鉄製の手すりがついていた。アレクサンドラはペンキのはがれや老朽化の兆しをさがしたが、むだだった。みすぼらしさを感じさせるものはみじんもない。ここがドクター・ファン・ドレッセルハイスの家だとすると、古びたツイードのスーツやモーリス一〇〇〇とはおよそ似つかわしくない気がした。その疑問をぶつけようと慎重に言葉を選んでいると、ペニーに先を越された。「ここがあなたのお宅なの、ターロ？」彼女は興奮ぎみにあたりを見まわしている。

「すごい豪邸じゃないの！　あなたってきっと――」

　ドクターがさりげなくさえぎった。「ああ、ここが僕の家だよ。とにかく、中に入ってコーヒーでも飲もう」

　ドアが開き、年配の男性が出てきて、やや気取ったしぐさでドクターに挨拶した。それから残る三人に軽くお辞儀をし、玄関ホールに招き入れた。

「ピーテルだ」ドクターが紹介し、男性にほほえみかけた。「伯母さんがまた来てくれたよ。それから、こちらは看護師のミス・ドブズだ」

　アレクサンドラはピーテルと握手をし、はじめましてと英語で言った。ドクターが英語で話しかけていたので、ピーテルは多少の英語は話せるのではないかと思ったのだ。一方、ペニーは紹介されても軽くうなずいただけで、握手をしようとはしなかった。

　玄関ホールは白塗りの壁に囲まれ、広々としていた。正面の階段は中央で左右に分かれ、階上へ続いている。アレクサンドラはみんなから一歩遅れて中に入り、周囲を見まわした。家具はどれも古いもので、入念に手入れされている。壁に飾られた絵は大半が油絵で、暗い色調の肖像画や、荒涼とした冬景色などが多かった。一行の最後に両開きのドアを抜けると、アレクサンドラはまたしても目をみはった。どうやら居間のようだが、この人数の十倍は収容できそうだ。大きな肘掛け椅子やソファ、陶製の読書灯が置かれたテーブルが巧みに配置され、一方の壁は大きな飾り棚が占めている。窓辺には分厚いクッションの敷かれたウインドーシートがあり、そこでゆっくり本を読んだらさぞくつろげるだろうと思えた。さらに、この居間にぴったりのブルテリア犬がふかふかの絨毯（じゅうたん）の上を駆けてきて、一行に挨拶した。そのうしろから猫も二匹現れた。すっかり見とれていたアレクサンドラは、ドクターに声をかけられてようやく腰を下ろした。そのあと、ドクターはペニーの興奮ぎみの感想やミス・スラムズの気のきいたコメントに耳を貸すのに忙しく、アレクサンドラに話しかけることはほとんどなかった。

四人は、ピーテルが大きな銀のトレイにのせて運んできた優雅なボーンチャイナでコーヒーを飲んだ。ペニーは大はしゃぎで、トレイの値段まで聞き出そうとした。それにはミス・スラムズがあきれたように目をまるくした。ドクターの顔にも一瞬蔑(さげす)むような表情がよぎったように見えた。だが、彼がすぐにペニーの無邪気さを笑い飛ばしたので、アレクサンドラはたぶん見間違いだったのだろうと思った。

「疲れただろう、部屋でゆっくりするといい」ドクターが言った。「伯母さん、ペニーを二階に連れていって、裏の廊下のいちばん奥の部屋に案内してやってくれますか？　荷物はピーテルにまかせましょう」アレクサンドラも一緒についていこうとすると、彼は引きとめた。「ミス・ドブズ、君はちょっと待ってくれ。話があるんだ」

その声がとても静かだったので、ほかの二人は気づくようすもなく部屋を出ていった。アレクサンドラの胸はときめいた。たぶん、ペニーのことでなにか指示を与えられるだけだろうとわかっていたが、朝からずっと言葉を交わす機会もなかったので、それでもうれしかった。アレクサンドラは再び腰を下ろし、できるだけ平静を装った。

ドクターは椅子には座らず、赤々と燃える暖炉のそばに立った。犬のブッチがすぐそばに控えている。彼はいきなり笑った。「驚いているようだね、アレクサンドラ？」

「ええ」アレクサンドラは正直に答えてから、思わず声をあげた。「私ときたら、なにも知らずにオムレツなんか頼んで！」

ドクターは一瞬きょとんとしてから、愉快そうに大笑いした。「君は本当に愉快だよ、ミス・ドブズ。

珍しく食欲がないのかと思った。外国に行くから緊張しているのかとね。まったく君はやさしい女性だな。僕がごちそうすると言っているときに、懐具合を気にしてくれた知り合いは、君が初めてだよ」

アレクサンドラはむっとして言い返した。「それはそうでしょうよ。ほかの人たちはあなたにそれだけの余裕があると知っているんですもの。でも、私は知らなかったんです」思いきりにらみつけたが、ドクターがほほえんでいるので、よけいに癪にさわった。

「気に入らないのかい、ミス・ドブズ？」

「あなたが貧乏なふりをしているのが？ それとも、こんなすてきなお屋敷に住んでいるのが？」アレクサンドラは精いっぱい冷ややかな口調で言った。「いずれにしても、私にはなんのかかわりもないことですわ、ドクター。私は雇われてここに来ただけですから」

ドクターはまだにこにこしている。「わざと君に貧乏だと思いこませるようなことをした覚えはないがね。それにしても相当おかんむりのようだな。この話はまたの機会にしたほうがよさそうだ。君も疲れているだろうが、一つ話しておきたいことがあってね」ドクターは一変してまじめな口調になった。「あさってペニーをファン・トーレル教授に会わせようと思っている。かなり興味深いことになりそうだ」彼は言葉を切った。「今までも二、三度そうじゃないかと思っていたんだが。君は気づいていたかい？」

「はい」

ドクターは満足げにうなずいた。「失礼、きくまでもなかったな。だが、報告するほど確かではなかったということかい？」

「そうです」アレクサンドラは、ハンドルを奪おうとしたときのペニーの表情を思い出していた。だが、ドクターはあれ以来、あの事故についてなにも尋ねようとはしない。彼女としても、今さら弁解するつもりはなかった。

アレクサンドラは美しい居間を見まわし、ペニーがこの家の女主人となったところを想像してみた。ペニーがそのつもりでいるのは間違いない。このところ、ドクター・ファン・ドレッセルハイスに対する恋人気取りがさらに目立つようになっている。だぶん、もう手に入れたも同然だと思っているのだろう。ドクター自身もそれに気づかないわけがない。拒絶しないところを見ると、彼もそれを望んでいるのだ。あの事故のあと、車から降りて腕に飛びこんでくるペニーを抱きとめたときのドクターの顔が脳裏に浮かぶ。彼は驚きと怒りで青ざめていた。アレクサンドラは胃をぎゅっとわしづかみにされたような気がして、かすかな吐き気を覚えた。それにしても、彼はなぜ私を一緒にオランダへ来させたのだろう？　ミス・スラムズやこの家の使用人がいれば、十分手は足りるのに。

まるでアレクサンドラの心の声が聞こえたかのように、ドクターが言った。「ペニーには積極的に外に出てほしいと思っているんだ。激しい運動は無理だがね。君は自転車に乗れるかい？　自転車も何台かはあるが、ペニーは乗らないだろうな。車はだめだ」

それを聞いて、アレクサンドラはまたしても傷ついた。私には運転は無理だと言いたいのね？　だったら、いい機会だから、あの日のことを洗いざらい話そうじゃないの。

そのとき、ドクターが穏やかに言い添えた。「運転すると、君の命にかかわるからね、ダーリン」

ダーリンですって？　アレクサンドラの怒りは爆発寸前だった。とんでもないことを口走ってしまわないうちに、この場から去ったほうがよさそうだ。

「ほかにお話はありませんか？　そろそろ部屋に行ってもよろしいでしょうか？」

ドクターは真顔でアレクサンドラを見た。「ああ、もちろんだ。ネルに案内させよう」彼は暖炉の横に下がった紐を引き、使用人を呼ぶベルを鳴らした。にこやかな顔の中年女性が入ってくると、ドクターはなにやら指示を出してからアレクサンドラの方を向き、静かに言った。「君は最初に会った瞬間から僕に反感を抱いていた。それが消えてくれればいいとずっと願っていたが、むずかしいようだな」彼はそこでほほえんだ。「部屋へ行って、その不機嫌な顔を洗っておいで、アレクサンドラ。昼食は十二時半だ」

6

ネルがやってきてにこやかにほほえみかけなかったら、アレクサンドラはなにか言い返していたところだった。彼女はしかたなく、ネルのあとについて居間を出て、階段をのぼった。二階の廊下の片側には手すりがつけられ、一階の玄関ホールが見おろせる。

廊下を進んでいき、部屋に通された瞬間、アレクサンドラは息をのんだ。そこは、屋敷の横庭が見渡せる部屋だった。とりたてて広くはないものの、一階の部屋と同じように天井が高く、机やベッドや衣装だんすなど、すべてが摂政時代様式のアンティーク家具で統一されていた。

ネルが行ってしまうと、アレクサンドラは胸を躍らせながら部屋を見まわした。暖炉のそばには座り心地のよさそうな椅子もある。インテリアにはとくに目立った色使いはなく、ピンクと青と淡い緑が美しく調和していて、床には毛足の長い白の絨毯が敷かれていた。なんとも居心地のいい部屋だとアレクサンドラは思った。もちろん、そんな言葉では、この部屋のすばらしさを言い表すのに十分でないのはわかっている。部屋にはバスルームもついていた。中はピンクと白で統一され、必要なものはすべてそろっている。アレクサンドラはうっとりと眺めてから、部屋に戻って荷物をほどいた。それがすむと顔を洗い、髪を整えて、ペニーをさがしに行った。

最初にでくわしたのはミス・スラムズだった。彼女は向かいの部屋のドアを開け、アレクサンドラを招き入れた。そこもとてもすてきな部屋だった。家具はさらに豪華で、窓から前庭の噴水が見える。

「なかなか快適でしょう?」ミス・スラムズが言った。「うちのコテージとは大違い。いつも驚かされるのよ。ターロはうちに来るたびに、子供のころからずっとそうしてきたみたいに、朝のお茶の用意をしたり、じゃがいもの皮をむいたりするけど、ここでそんなことをしたら、彼を慕う使用人たちがショックで卒倒するわ」彼女はアレクサンドラの顔を見た。「驚いた? ターロからなにも聞かされていなかったようね。あの子はそういうことをあまり重要だと考えていないのよ。それはあなたも同じでしょう?」

「ええ、そうですね。最初のころ、なんとなく彼を気の毒に思っていました。あのツイードのスーツ、仕立てのいいものだけれど、ずいぶん着古していますもの。しかも運転しているのはモーリス。あの車は彼のものだと思ったんです。だから開業していても、あまりお金に余裕がないんじゃないかと。それで、奥さんやお子さんもいたら……」

「お金ならあり余るほどあるのよ」ミス・スラムズは言った。「お嫁さんはさがしている時間がないんですって。少なくとも本人はそう言っているわ」彼女はまたアレクサンドラの顔を見た。「でも、私の見たところじゃ、もうさがす必要はなさそうね」

アレクサンドラは窓の外に目を向けた。「そのようですね」ペニーのことを考え、ぽつりとつぶやく。その拍子に思い出した。「そうだわ、ペニーのところへ行って、荷物の整理ができたかどうか見てこなくちゃ。ペニーの部屋も近いんですか？」

「奥へ通じる廊下を進んだ先よ。ターロから昼食の時間は聞いている？」

「はい。それでは、また昼食のときに」

ペニーはまだ荷物をほどいてもいなかった。靴を脱ぎ散らかし、コートを椅子にほうり出して、天蓋付きのベッドに寝そべっている。アレクサンドラが入っていくと、彼女は言った。「ねえ、アレクサンドラ、すてきじゃない？」ペニーはおおげさに腕を広げ、うれしそうに言った。「まさかこんなだとは思わなかったわ。彼、きっとものすごい大金持ちよ」青い瞳は秘密めいた輝きを宿している。「彼をその気にさせるのなんて簡単だわ。私、何年も前に見つけたの。男を思いどおりに操る方法を……」彼女ははっとして口を押さえ、すぐに言い添えた。「そうじゃないかと思うのよ。もちろん覚えているわけじゃないけど。記憶がないって、本当につらいわ」

アレクサンドラはいっさいの感情を表に出さなかった。「そうでしょうね。でも、今度お会いする専門のお医者様がきっと助けてくださるわ」

ペニーは不安そうな表情だ。「なにをするのかしら？」

「いろいろ質問するんだと思うわ。よくわからないけど、無意識の領域に働きかけて、記憶を呼び覚ますことができるそうよ。記憶が戻ったらすばらしいわね、ペニー。ご家族のもとに帰れるのよ」

アレクサンドラはペニーの表情を見守った。そこに表れた感情が恐れなのか怒りなのか期待なのか、読み取るのはむずかしかった。

「荷物を少し片づけましょうか?」アレクサンドラは明るく言った。「昼食に行く支度もしなくちゃ」

しばらくして二人は階下に下りた。ドクター・ファン・ドレッセルハイスとミス・スラムズは暖炉のそばでシェリー酒を飲んでいた。ドクターは彼女たちにもシェリー酒をつぎ、再び腰を下ろした。彼がペニーの方を見られるように座る角度を少し変えたことに、アレクサンドラは気づいた。

ペニーは部屋に入るなり、愛らしく頼りなげな風情を身にまとい、少女のようにふるまいはじめた。男性の関心を引きつけるには効果的な作戦だ。ついさっきベッドに寝そべって、ドクターをその気にさせてみせると豪語していた女性と同じ人物とはとても思えなかった。あれがペニーの本当の姿? しかも、彼女はもう少しで口をすべらせるところだった。やはりそういうことなのだろうか……? いや、私は彼女を意地悪な目で見ている。アレクサンドラはため息をついた。そしてドクターと視線が合うと、明るくほほえみ、この場を楽しんでいるように装った。

四人はこぢんまりした部屋で昼食をとった。小さな窓からは屋敷の裏庭が見える。オーク材のテーブルと背もたれの高い椅子、大きなサイドボード、それに巨大な花瓶をのせた陶製の台があるだけで、これといって目立つ装飾はない。

アレクサンドラはこの部屋が気に入った。しかし、ペニーは不満そうだ。「ここがダイニングルーム? もっと広くて豪華なんだと思っていたわ。絵も飾っていないし、銀食器もない」

「なにを期待していたんだい？　純金張りの皿や給仕係かい？」ドクターは穏やかに言った。「それには及ばないかもしれないが、ダイニングルームはもう一つある。そちらは四人には広すぎるのでね」

「そこでパーティをすることもあるの？　盛大な晩餐会とか？」

「なにか祝い事があるときにはね」

ペニーが小悪魔のようにドクターにほほえみかけた。「だったら、私がここにいる間にパーティを開いて。ねえ、いいでしょう、ターロ」

「あまり無理を言わないでくれ」ドクターは苦笑した。「僕は毎日目がまわるほど忙しいんだ。君のようすを見るために何度も伯母のコテージに通ったのはあくまでも私用だから、そのせいでまわりに迷惑はかけられない。今は必死にその埋め合わせをしているところなんだよ。パーティは無理だな」

ペニーは愛らしくふくれてみせた。「小さなパーティもだめ？　だったら、ほかのことで我慢してあげる。レストランでお食事をして、劇場へ行きたいわ。劇場やナイトクラブもあるんでしょ？」

ドクターの表情は変わらなかった。彼はピーテルが運んできた鴨のオレンジソースを口に運んだ。「君は本当に都会のにぎやかな生活が好きなようだね。たぶん夜遊び好きだったんだろうな」それから伯母に向かって言った。「これから二、三用事を片づけてきます。七時までには帰ります。遅くなるときは電話しますが、連絡がなければ、先に夕食を召しあがっていてください」そして、ようやくアレクサンドラに笑顔を向けた。「玄関ホールをはさんで向こう側に蔵書室がある。どれでも好きなものを読むといい。そうだ、ペニーと一緒にお茶の時間まで散歩に出たらどうだい？　お茶は三時半だ。一キロ足らずのところに小さな村があって、そこの教会がなかなか趣があるんだ。中に入りたければ鍵が用意してある。詳しいことはピーテルにきけば教えてくれるよ。彼は多少の英語なら話せるし、聞くほうは完璧に理解できる」

ドクターは昼食がすむとすぐに出かけていった。

ペニーとミス・スラムズがコーヒーを飲んでいる間、ぼんやりと窓辺に立っていたアレクサンドラは、彼が運転する車を見ても、もうそれほど驚かなかった。シルバーグレーのロールスロイス。そう、ほかには考えられない。車は屋敷の横から現れ、前庭でいったんとまった。ドクターはアレクサンドラの方を見て手を振った。アレクサンドラは手を振り返しながらも、つい窓際に来てしまったことを腹立たしく思った。ドクターはまるで最初から彼女がそこにいるのを察していたかのようだった。

散歩の間じゅう、ペニーはとても上機嫌で感じがよかった。アレクサンドラは反省した。ドクターに恋をしているからといって患者を意地悪な目で見るなんてとんでもないことだ。この仕事を引き受けた以上、ペニーに温かく接して、母親のように彼女の面倒をみるのが、看護師としての務めなのだ。

その日は、これまで以上にペニーにやさしくするように努めた。しかし、楽なことではなかった。とりわけ夕食後、ペニーがドクターの足元に座り、愛らしく彼を見あげているときには、いたたまれない気持ちになった。ドクターは顔を上げ、新型のカテーテルをどう思うかなどと尋ねてきたが、それは病院内で交わされる会話のようで、アレクサンドラとしてはうれしくもなんともなかった。

翌日はまる一日、ドクターの姿を見かけなかった。彼は朝八時にはすでに家を出ていた。夜になり、アレクサンドラがベッドに入って一時間ほどしたところで、車のライトが見えた。ロールスロイスが窓の下を通る音に耳をすまし、ずいぶん遅いのねと、眠い頭で考えた。ドクターは疲れきっているだろう。ピーテルかネル、あるいは料理を担当しているベットが、食事の用意をして待っているに違いない。アレクサンドラはいったん起きあがり、枕を整えた。すっかり目がさえてしまっていた。そのときドアをノックする音が聞こえ、びくっとした。返事をすると、ピーテルの声がした。なにかはおって、階下に下りてきてくださいと言っている。

アレクサンドラはベッドから飛び出し、大あわてでガウンに袖を通しながら足をスリッパに突っこんだ。きっとドクターは具合が悪いに違いない。気を失っているとか、あるいは死にかけているとか……。髪をなびかせて階段を駆けおり、ピーテルが開けて待っているドアから中に飛びこんだ。

ドクターはテーブルについていた。前にスープのボウルが置かれ、手にはグラスを持っている。疲れている気配はあるものの、見たところ健康そのものだ。部屋の中ほどでつんのめるようにして立ちどまったアレクサンドラは、息を切らして抗議した。

「ご病気かなにかだと思ったわ。ピーテルに、階下に下りてくるように言われて……。もうやすんでいたんです」

ドクターは立ちあがると、彼女をじっと見つめ、笑いを含んだ声で言った。「そのようだな。その髪型のほうがずっとかわいいよ。ふだんも下ろしていればいいのに」

アレクサンドラはとまどった。「ばかなことをおっしゃらないでください。もう若くもないのに」

「そうなのかい？　僕はそうは思わないがね」

彼の笑顔があまりにやさしかったので、アレクサンドラもついほほえみ返しそうになった。だが、はっと我にかえり、険しい口調で尋ねた。「なにかお急ぎの用でもあったんですか？」

ドクターは答えるかわりに椅子を引いた。「とにかくかけてくれ。ピーテルになにか持ってこさせよう。コーヒーでいいかな？　そうすれば、僕も気兼ねなく食事を続けられる。明日は六時に出なければならないんだが、ペニーをどこへ連れてきてもらうか、まだ君に話していなかったからね」彼はスープをのみはじめた。「十時半にファン・トーレル教授の診療所へ来てくれ。運転はピーテルがしてくれる。伯母も同行する。僕は現地で落ち合うよ。診察がすんだら、僕が君とペニーを家に送ろう。伯母は買い物がしたいそうだから、ピーテルに車で案内してもらうことになっているんだ。それでいいかい？」

コーヒーが運ばれてきて、アレクサンドラは自分の分をカップについだ。ピーテルがステーキをドクターの前に置く。「はい。診断の結果は、いつわかるんですか？」

ドクターは感情を表に出すまいとしているようだった。「たぶんすぐにわかるだろう。賭(かけ)のようなものではあるがね」

「ずいぶん早いんですね」

「僕らにももう結果はわかっているんじゃないかな」

アレクサンドラは慎重に言葉を選んで言った。「その結果によっては、あなたのほうにもなんらかの影響が出るんでしょうか？　もし仮にペニーがこの先いっさいの記憶を取り戻せないとしたら？　逆行性健忘症にはありうることですよね？」

「君が言いたいのは、僕の個人的な感情のことだね？　いや、結果がどうあれ、僕のほうはなにも変わらないよ」

目の前のコーヒーカップがかすんだ。言葉を発したら、声が震えてしまいそうだった。アレクサンドラは気をしずめようとあわててコーヒーを飲み、熱い液体にむせた。好都合だった。あふれ出た涙は、咳(せ)きこんだせいだとごまかすことができる。ドクターは彼女の背をやさしくさすり、ハンカチを差し出した。頬を流れる涙の量が多すぎることについてはなにも言わないでいてくれた。咳（せき）がおさまると、ドクターはまた食事を続けた。

　アレクサンドラは尋ねた。「ペニーはあとどれくらいここにいることになるんですか？　もしも治療が必要ないということになったら？」そして、不安な気持ちで返事を待った。しかし、答えを聞いてがっかりした。ドクターはなにも明かすつもりはないようだ。

「明日の診察が終わったら、もう一度きいてみてくれ」彼はそっけなく答えた。「うまいプディングがあるんだ。君も一緒に食べるといい」

「でも、もう夕食をいただいたので……」

「君が行ってしまうと寂しいからね」

　アレクサンドラは力なくうなずき、ピーテルが運んできてくれた空気のように軽いプディングを食べた。コーヒーのおかわりを飲みながらたわいもない話をしているうちに、しだいにリラックスしてきた彼女は、いつのまにか実家や両親について話していた。「父の家は、ミス・スラムズのコテージと同じくらいかわいらしいんです。まるでおとぎ話に出てくるみたい。以前、伯母様のコテージのような家が欲しいとおっしゃっていたけど、あの話は本心でしたの？　こんなに立派なお屋敷があるのに」

「いや、そういうことじゃないんだ。この家は、釘（くぎ）の一本一本まで愛しているよ。だが、小さな家を持って、そこに通うのも楽しいんじゃないかと思ったのさ」ドクターはいたずらっぽい表情でアレクサンドラを見た。「着古した服を着て、薪（まき）を割って、車を使わずに歩く生活をするのもね」

「ここでだっておできになるじゃないですか」

　ドクターは首を横に振った。「時間がないんだよ。君は僕に同情していたのかい、アレクサンドラ？」

「ええ。モーリスはあなたの車だと思っていたので。あれは成功したお医者様の車とは言えないですもの。それに、好んで古びた服を着ていらっしゃるなんて、夢にも思いませんでした。伯母様のところへも車をお使いにならなかったし。近くのバス停から歩いていらしていると思ったんです」アレクサンドラはつんと顎を上げた。「ばかな女だとお笑いになるんだったら、どうぞご自由に。どうせずっとそう思っていらしたんでしょうから」

ドクターはゆっくりと言い聞かせるように言った。「ミス・ドブズ、僕はこれまで一度だってそんなふうに思ったことはない。君がなにを言おうが、なにをしようが、僕のこの考えは変わらないよ。そろそろ君はベッドに戻ったほうがよさそうだな」

アレクサンドラが立ちあがると、ドクターも腰を上げ、彼女の頰にそっとキスをしてドアを開けた。アレクサンドラは階段のところまで行って振り向いた。ドクターはまだ戸口に立って見送ってくれていた。

翌朝、アレクサンドラは命じられたとおりペニーを起こし、朝食を食べさせた。ペニーは突然、専門医のところへは行きたくないとだだをこねはじめたが、なんとかなだめて、ピーテルの運転するBMWで診療所まで送っていった。

ファン・トーレル教授の診療所兼住居は、レイペンブルク運河にほど近い、細長い家々が立ち並ぶ一角にあった。ファン・トーレル教授は恰幅のいい男性で、仕立てのいいスーツの縫い目が今にもはち切れそうだった。アレクサンドラは握手をしながら、その温かい雰囲気に一目で好感を抱いた。しばらく雑談をしたあと、教授がそろそろ診察をしようと声をかけると、ペニーは診察を受けるつもりはないと言いだした。ちょうどそこへドクター・ファン・ドレッセルハイスが現れた。彼が親しみのこもった口調で説得すると、ペニーはすぐに納得した。

ファン・トーレル教授の看護師が診察室のドアを開けた。教授はペニーを中に招き入れ、ドクター・ファン・ドレッセルハイスと顔を見合わせてから、アレクサンドラに言った。「君にも同席してもらったほうがいいだろう」

アレクサンドラは言われたとおり中に入った。ドクター・ファン・ドレッセルハイスもあとに続いた。教授はデスクにつき、書類に目を落とした。「逆行性健忘症か。それでは、お嬢さん……」教授は書類を見ながらいくつか質問をし、ときおりドクター・ファン・ドレッセルハイスとオランダ語で言葉を交わした。やがて椅子の背にもたれ、じっとペニーを眺めた。ペニーも最初のうちは教授を見つめ返していたものの、そのうちうつむいて目を伏せた。あたりには緊張感が漂っている。すると、教授がいきなりアレクサンドラに言った。「ミス・ドブズ、先日、君が運転していたときの話を詳しく聞かせてもらいたいんだが」

「その話でしたら、ペニーがドクター・ファン・ドレッセルハイスにすでにしています。今ではもうなにも思い出せないそうですが。今さらお話しすることもないのでは？ だれも怪我をしたわけではありませんし」

「いや、大事なことなんだよ、ミス・ドブズ。ドクターが今まで君の説明を求めなかったのには、いくつか理由があるんだ。さあ、話してくれないか？」教授はアレクサンドラににっこりとほほえみかけた。

「そうですか……」アレクサンドラはためらいがちに口を開いた。

たちまちペニーが割りこんだ。「この人が言うことは嘘ばっかりなのよ。この人、私のことが嫌いなの。どうして嫌いか、教えてあげましょうか……」

ペニーの言葉を、今度はドクター・ファン・ドレッセルハイスが穏やかにさえぎった。「ペニー、今はなにも言わないほうがいいと思うよ」

ペニーははっとしたように青い瞳をドクターに向けた。問いかけるような不安げなまなざしだった。

アレクサンドラはできる限り手短に説明を終えた。

教授が尋ねた。「それで、君の印象は？」

アレクサンドラはペニーの方を見て、静かに言った。「ごめんなさいね」そして、教授の方に向き直って答えた。「私の思い違いかもしれませんが、あのとき、ペニーは自分のしていることをはっきり意識しているのだという印象を持ちました。それに、ミス・スラムズの家に戻ってからも、事故のことを忘れたわけではないと思います」

「それ以外に、このお嬢さんの記憶喪失が本物ではないと感じたことはあるかね？」

「はい、一、二度」

「それについて話してもらえるかな？」

「最初は数週間前です。二度目は二日前のことでした」

「それで？」

「会話の内容はお話ししたくはありません。ただ、そういう印象を受けたというだけではいけませんか？」

教授はまたにっこりした。「今のところはそれでいいでしょう。では、患者をさらに詳しく診察してみることにしましょう」そして、部屋にいる全員に言った。「今回の症例では、催眠療法が効果的だと思います。患者の無意識の領域から情報を引き出すのです。それじゃ、そのライトをここに運んで、お嬢さんには……」

「いや！　これはきっと罠(わな)だもの！」ペニーが叫んだ。「私のことをはめようとしているんでしょう？」

彼女はアレクサンドラに怒りの矛先を向けた。「あなたはずっとスパイしていたのよね。にこにこ話を聞くふりをして、私がぼろを出さないか、ずっと見張っていたんでしょう？　いつから疑っていたの？　でも、私がぼろを出さないものだから、でたらめを言うことにしたのよね。私に負けたくなかったから」ペニーは笑った。「まったく、おかしいったらないわ。あなたは私が欲しいものを知っていた。そして、自分も同じものが欲しかった。だけど、勝ち目がないってわかっていたから……。おまけに、あのうっとうしいおばあちゃんときたら……」

「伯母のことまで持ち出す必要はない」ドクター・ファン・ドレッセルハイスが医師らしい静かな口調で言った。「それから、ミス・ドブズを攻撃するのもやめなさい。君の名前と家族について話してごらん。きちんと裏付けがとれるように、本当のことを話してもらおうか」

「いつからわかっていたの？」ペニーがむっとして尋ねた。「ぜんぜんそんなそぶりは……」

「君の記憶喪失についてはかなり前から疑っていたよ。だが、確証はなかった。そこで、いずれにせよ、専門医に診せたほうがいいという結論に達したんだ。君は自分から告白する気はなかったんだろう？」

「そこまでばかじゃないわよ。それで、私をどうするつもり？」

「まずは名前を教えてくれないか？」教授が尋ねた。

ペニーはしぶしぶ答えた。「ジャクリーン・コスター。二十三歳。家はバーミンガム。少なくとも両親はそこに住んでるわ。もう二年以上も会ってないけど。ロンドンで恋人と一緒に暮らしてて、喧嘩して家を出たの。あの車は知り合いから借りたわ。その子も借り物だって言ってた。車を乗りまわしてて、事故にあったの」

「思い出したとき、なぜすぐに言わなかったんだい？」ドクター・ファン・ドレッセルハイスの態度はあくまでも医師然として、穏やかだった。

「どうしてそんなばかなことをしなきゃいけないの？」ペニーは笑った。「せっかく楽な暮らしができるっていうのに。それに、私なりの計画もあったし。ここに来たらもっと……」彼女はそこで言葉を切った。「これからどうするつもり？」

「君をイギリスに送り返さなければならない。あの事故はまだ未解決のままだから、君は警察に対して供述する義務がある。おそらくオランダの婦人警官に伴われて帰国させられることになるだろうな。イギリスに戻って、取り調べがすんだら、あとはどこへ行こうと君の自由だ。もちろんご両親のところには連絡がいくだろう。君が望めば、恋人のところにもね。それじゃ、君たちはしばらく受付で待っていてくれるかい？　僕は教授と少し話がある」

アレクサンドラは落ち着かない気持ちで待っていた。ペニーに話しかけようとすると、彼女は肩を落とし、顔をそむけた。幸い、ドクターたちの話はそう長くはかからなかった。教授に挨拶をすませたあと、驚いたことに、ドクターは外でランチを食べようと言いだした。

「近くにいいレストランがあるんだ」彼はペニーの腕を取って歩きだした。アレクサンドラもそのあとについていった。

意外にもランチは楽しい雰囲気だった。ドクターはペニーの帰国については触れず、彼女に説教をするそぶりも見せなかった。最初の気まずい数分間が過ぎると、ペニーも愛らしく頼りなげな雰囲気を取り戻した。たいした演技力だと、アレクサンドラは舌びらめを口に運びながら思った。料理はすばらしかったが、食欲は出なかった。いちおう会話には加わったものの、だいたいはドクターとペニーが二人で話していた。三人がロールスロイスに乗りこんだときには、時刻はすでに三時だった。

帰宅すると、ピーテルがお茶の準備をしていた。

ミス・スラムズはいつもどおり快活に三人を出迎え、居間で紅茶をつぎながら、ライデンの町は気に入ったかと尋ねた。ファン・トーレル教授の診察についてはいっさいきこうとしなかった。お茶がすむころ、ミス・スラムズはようやく、ペニーはそろそろ荷造りをしたほうがいいのではないかと提案した。そして、ペニーがにらんでいるのも意に介さずに続けた。「手伝うわ。一人で荷造りするのは退屈ですものね」

アレクサンドラはペニーが不満を訴えるものと思ったが、彼女はなにも言わず、おとなしくミス・スラムズに従った。ドクターのそばを通り過ぎるとき、ペニーは言った。「ねえ、ターロ、あとで話がしたいの。いいでしょう？　ほんの二、三分だけ」

彼が同意すると、ペニーは申し訳なさと愛らしさと感謝の念を絶妙に織りまぜた表情でほほえんだ。

アレクサンドラは暖炉のそばに座り、じっと黙っていた。なんと言っていいかわからなかった。もうまもなく解雇を言い渡されるものと思っていた。ペニーと一緒にイギリスへ送り返されるのかもしれない。ドクターはそう言い渡すつもりなのだろうか？　アレクサンドラは問いかけるように彼を見た。

するとドクターがほほえんだ。「僕のことを冷たい人間だと思っているのかい？　ほかにペニーに白状させる手立てを思いつかなかったんだ。それに、僕の思い違いということもある。本当に記憶を失っている可能性もないわけじゃなかったからね」

「あなたにとってはつらい決断だったでしょうね」アレクサンドラは沈んだ口調で言った。「こんな結果になって残念だわ。でも、なにもかも落ち着いたら、またペニーとお会いになることもできるんじゃないかしら」

ドクターの顔に驚きの表情がよぎった。しかし、あいにくなことに、アレクサンドラはうつむいていて、その表情を見ることはなかった。彼女が顔を上げたとき、ドクターは口元にかすかに笑みを浮かべていた。「君はそうしたほうがいいと思うのかい？」

「私には関係ないことだわ。でも、人の心って、そう簡単には変わらないと思うんです。その人が前々から自分の気持ちに気づいていたのなら、なおのこと。なによりも大事なのは、その人が幸せになることと……」アレクサンドラは自分がなにを言おうとしているのかわからなくなり、口をつぐんだ。

「なるほど。その人は自分が幸せになれるように、なんとかしなければならないってことだ」

アレクサンドラはいらだってドクターを見た。

「からかわないでください。まったく、あなたっていつもそうなんだから」

「これも一種の自己防衛だ」ドクターはつぶやいた。

「アレクサンドラ、僕はライデンに戻らなければならない。診察の予約が入っているんだ。三十分ほどで帰る。ペニーが出ていくときには見送りたいからね。その前にだれかが彼女を迎えに来たら、その人たちにしばらく待つように言って、僕に電話で知らせてくれるかい？　あるいは、ピーテルに僕に電話するよう言ってくれてもいい。いずれにしろ、なるべく早く帰る。今夜は君と話がしたい。話さなければならないことが山ほどあるんだ」

アレクサンドラは静かに答えた。「私の帰国のことですね」

「いや、そうじゃなくて……」

ちょうどそのとき、ドアが開いてペニーが入ってきた。その表情を見ただけで、アレクサンドラには彼女の意図していることがはっきりとわかった。ドクターが今さら意思を曲げるとも思えないが、ペニーの小悪魔的な魅力ははかり知れない。彼女にとってドクター・ファン・ドレッセルハイスは、なんとしても手に入れたい玉の輿の相手なのだ。ペニーはいつにもまして愛らしくはかなげな表情で彼を見つめている。アレクサンドラはいたたまれずにすぐに居間を出た。ドアを閉める直前、ペニーが口にした〝ああ、タ一ロ……〟というすがるような言葉がいつまでも耳に残った。

アレクサンドラは部屋に戻り、いつ帰国を言い渡されてもいいように荷物をまとめはじめた。まもなく、階段をのぼってくるペニーの足音が聞こえた。ペニーは胸が張り裂けんばかりに泣きながらなにか言っている。アレクサンドラはスーツケースにつめかけていた下着をほうり出し、彼女を慰めようと出ていった。しかし、ペニーは部屋に飛びこんでドアに鍵をかけ、何度ノックをしても開けようとはしなかった。しばらくして、アレクサンドラはあきらめて自分の部屋に戻った。

戸口で待ち受けていたミス・スラムズが静かに言った。「心配いらないわ。あの子はもともと激しやすい性格のようだから。こういうことになるんじゃないかと思っていたわ。タ一ロから詳しい話を聞く暇はなかったけれど、だいたいのところは察しがつきますよ。最後にもう一度タ一ロに泣きついたようね。彼女はかなり自信があったようだけど、タ一ロのことをよく知らないんだから無理もないわ。知っていたら、タ一ロの考えを変えさせるなんて無理だってわかるはずですもの。ねえ、ちょっと部屋に来て話し相手になってくれない？　今回のことでなんだか気が滅入ってしまって。もちろん、こうなることはある程度予想していたけれど。タ一ロもじきに帰るでしょう。ペニーはそれまで部屋にこもっているんじゃないかしら」

ミス・スラムズもアレクサンドラも、ペニーが足音を忍ばせて部屋を抜け出すなどとは夢にも思わなかった。

ピーテルがミス・スラムズの部屋のドアをノックしたのは、その十分後のことだった。

「お嬢様のことなんですが」ピーテルはきまり悪そうに言った。「五分ほど前に、裏門へ向かって歩いていらっしゃるのを見かけまして。ポリ袋を持って、ブッチを綱で引いていらっしゃいました。散歩を頼まれたのかもしれないと思ったのですが、どうもようすがおかしいので」ピーテルは二人の顔を交互に見た。「ポリ袋が動いておりました」

アレクサンドラははじかれたように立ちあがった。「ピーテル、ペニーはなにか言っていなかった？　さっき二階に上がってくるときは？」

ピーテルは目を見開いた。「はい、ミス・ドブズ、そういえば、ドクターとお話しになったあと、階上へ上がってくるときに、はっきり聞こえたわけではないのですが、〝思い知らせてやる〟と……」

アレクサンドラとミス・スラムズは顔を見合わせた。戸口まで走ったところで、アレクサンドラは言った。「コートを取って、すぐにさがしに行くわ。ピーテル、猫は見た？」

「いいえ。いつもどおり餌をキッチンに用意したんですが、姿を現さないので、変だと思っていたんです」

アレクサンドラはコートをはおりながら階段を駆けおりた。確信はなかったが、ペニーの行き先は見当がついた。裏門を出たところに運河がある。ブッチを綱で引いているとすれば、袋の中身は猫たちに違いない。ペニーは復讐する気なのだ。

7

アレクサンドラは全速力で走った。庭の芝生に足をとられ、凍りついた道ですべりそうになりながらも。鉛色の空から降りはじめた粉雪が、ますます行く手を阻んだ。

だが、その粉雪にも一つだけ利点があった。アレクサンドラは足音を響かせず、ペニーに気づかれないまま、運河へ下りる小道にたどり着くことができたのだ。ペニーは岸辺に膝をつき、ブッチの引き綱に錆びた鉄パイプを結ぼうとしていた。かたわらのポリ袋の中では、猫のニブルズとキキが不安そうに鳴いている。ペニーはアレクサンドラの姿に気づくと、鉄パイプをほうり出し、口を縛ったポリ袋を手に取った。土手の途中にいたアレクサンドラは、急いでブーツとコートを脱いだ。ポリ袋が濁った水に投げ入れられ、波紋が広がった。

まず猫を助けなければ。アレクサンドラはとっさに思った。うまくいけばブッチのほうも間に合うかもしれない。鉄パイプを引き綱に結ぶのはもう少し時間がかかりそうだし、水に投げ入れられると知ったら、ブッチも抵抗するだろう。アレクサンドラは頭から運河に飛びこんだ。水は恐ろしく冷たく、水中は暗かった。しかし、泳ぎには自信がある。まとわりつく服にじゃまされながらも、すぐにポリ袋を見つけ出した。ポリ袋はすでに運河の底の泥に沈みこんでいた。それでもなんとか引っぱり出し、水面に浮上した。

ありがたいことに、岸はすぐ目の前にあった。ところが、その短い距離を泳ぐのが至難の業だった。猫たちは必死にポリ袋から出ようともがいている。

アレクサンドラはポリ袋を肩にのせ、なんとか前に進もうとしたが、猫の重みと水の冷たさで危うく溺れそうになった。必死になるあまり、ドクター・ファン・ドレッセルハイスが水に飛びこみ、すぐそばに来ていることにはまったく気づかなかった。

彼の冷静な声が突然耳元で響いた。「袋は僕が持とう。岸まで泳げるか？」

アレクサンドラはうなずいた。歯ががちがち鳴り、口をきくどころではなかった。だが、袋がなくなると、泳ぎはいっきに楽になり、言葉を発する余裕もできた。「ブッチが……」

ドクターは彼女を岸へと引きあげた。「心配いらない。ピーテルが来ている」彼は笑って言い添えた。「もちろん伯母もね」

アレクサンドラはよろよろと立ちあがった。濡れた服がずっしりと体にまとわりついた。服には水草が張りつき、氷のように冷たい泥水がしたたっていた。髪はほどけて肩に垂れ落ちていた。

ドクターは彼女の肩を抱き、愉快そうに言った。「まるで旧約聖書に出てくるエンドルの魔女だな」

ミス・スラムズとピーテルは岸辺に並んで立っていた。ブッチは二人にはさまれるようにして、ペニーに向かってうなっている。アレクサンドラたちが近づいていくと、ミス・スラムズが呼びかけた。

「よかった、無事だったのね。ターロ、アレクサンドラにブーツをはかせてあげなさい。その袋は私にちょうだい。ニブルズとキキをすぐに家の中へ連れていくわ」

ドクターはポリ袋を伯母の手に渡し、なにか言葉を交わした。だが、アレクサンドラにはほとんど聞き取れなかった。突然の疲労感に襲われ、めまいがして、立っていることもままならない。彼女の肩を支えるドクターの腕に力がこもった。アレクサンドラは水のしたたる頭を彼の濡れた肩にあずけ、両手でしがみついた。危険が去った今になって、溺れているような気分だった。ずっとこうしていたかった。びしょ濡れで寒さに震えながら、彼の腕に抱かれて、言い知れぬ幸せを感じていた。

「アレクサンドラ、僕だってこうしていたいのはやまやまだが、そろそろ家に戻ったほうがいいと思うよ」ドクターの声がして、ようやく我にかえった。

「ペニーは?」

ドクターが示す方を見ると、ペニーがピーテルにつき添われて屋敷に向かっていた。ドクターはアレクサンドラの腕を取り、大股に歩きだした。「時間との勝負だ。熱い風呂に入って、そのあとはウイスキーのダブルだ」彼はアレクサンドラを見おろして、ほほえんだ。「風呂は別々のほうがいいかな?」

四人が玄関ホールに入ると、厳しい表情の若い女性と中年男性が待ち受けていた。ドクターは二人に挨拶(あいさつ)し、ペニーと少し話をしてから、すぐにアレクサンドラのところに戻ってきて、そっと階段の方へ押しやった。「階上(うえ)へ上がりなさい。ネルにウイスキーを運ばせよう。話はそのあとだ」

しかし、その前にどうしてもペニーにお別れが言いたかった。それがすむと、アレクサンドラは冷えきった足を引きずるようにして階段をのぼった。ペニーのささやきがいつまでも耳の中で響いていた。

〝チャンスがあったら、必ずこの借りは返してやるから〟ペニーはそう言ってほほえんだ。それが単なる脅しでないことは、アレクサンドラにはよくわかっていた。

それでも熱い風呂に入り、髪を洗うと、かなり気分がよくなった。アレクサンドラはウールのワンピースを着て、化粧をし、髪を整えた。そして、ウイスキーのせいでなんとなく妙な気分になりながら階下に下りた。

まっすぐキッチンへ行った。猫をさがすなら、まずそこだろうと思ったのだ。案の定、猫たちは暖かいオーブンの前に寝そべっていた。少々疲れたようすだが、ミス・スラムズの話によれば、獣医に診てもらったところ、とくに問題はなさそうだということだった。

ミス・スラムズはしゃがんでキキを撫でた。「あなたのほうは具合はどう？　なんともないといいけれど。本当に勇気ある行動だったわ。あんな冷たい水に飛びこむなんて。私たち、何度お礼を言っても言い足りないくらい」彼女はアレクサンドラをしげしげと眺めた。「見たところ元気そうね。とっても血色がいいわ」

「ウイスキーのせいです。でも、本当に元気ですから、ご心配はいりません」

ミス・スラムズはかけていた眼鏡をはずして、ふいた。「ペニーはもう出ていきましたよ」そこでまた眼鏡をかけると、もう一度アレクサンドラをじっくりと眺めた。「ほんの一瞬だったけれど、ペニーの思いどおりになるような気がして、恐ろしくなったわ」

「思いどおり？」アレクサンドラはついきき返したが、答えはわかっていた。

「あの娘はタ一ロを狙っていたんですよ。まあ、タ一ロ本人というよりも、むしろ甥の屋敷や財産をね。タ一ロのことを愛しているわけでもないのに。私ときたら、もっと早く気がつけばよかったわ。でも、それ以上に愚かだと思うのは、ほんの一瞬でも、あの娘が目的を遂げるんじゃないかと不安になったことね。人間は年をとると、妄想がひどくなるのかしらね」

「だったら私もかなり年をとったということですね。同じことを考えていました。しかも、本当にそうなると、ずっと思いこんでいました」アレクサンドラは情けなさそうにほほえんだ。「ただもう不安で……」

ミス・スラムズはやさしくほほえんだ。「無理もないわ。この状況だもの、あなたがそう感じてしまったのも自然なことですよ」

「なにがですか?」戸口からドクター・ファン・ドレッセルハイスの声がした。彼は二人の方に歩み寄り、医師としての目で猫たちを見てから、今度はもっとゆっくりと時間をかけてアレクサンドラを眺めた。「どう感じたって?」もう一度尋ねる。

「いえ、ちょっと……」アレクサンドラは答えようとして口ごもった。

ミス・スラムズが助け船を出した。「ペニーのことを話していたんですよ。私たち二人とも、なんとなくおかしいと感じていたという話をね。でも、確信はなかったのよ」

「ペニーはどうなるんです?」アレクサンドラは尋ねた。「両親のところへ帰るんですか?」

ドクターは首を横に振った。「同居していた恋人のところだと本人は言っていた。ブッチと猫たちを溺れさせようとしたことに関しては、まったく反省の色はなかったな。なぜあんなことをしたのか理由をきいても、答えようとしなかった。まあ、想像はつく。僕に仕返しをしたかったんだろう。彼女にはカウンセリングが必要だ。たぶん、事故にあうずっと前から、専門家の治療を必要としていたんだろう」彼は爪先でニブルズをつついてからかった。「居間で酒でも飲まないか? ピーテルに言って、夕食を三十分早めてもらうことにした。今夜はまた出かけなければならない」そこでアレクサンドラを見つめる。「その前に君と話したいんだ。体のほうは大丈夫かい?」

アレクサンドラはなんとか笑みを浮かべた。「大丈夫です。でも、ウイスキーが思ったより強くて」

ドクターは笑った。「だからいいんだよ。君はかなり泳ぎがうまいんだな」

「ええ、兄に教えてもらいました。でも、途中で怖くなったわ」

「僕もだ」

「私たちが運河にいることがどうしてわかったんですか？　あ、伯母様からお聞きになったんですね」

「あと、ピーテルからね。帰ってきたら、ちょうど二人があわてて君のあとを追うところだった。二人そろって大急ぎで説明してくれて、すぐに運河に向かった。そして、君に数秒遅れて飛びこんだんだ。君のもとにたどり着くまでは、不安でたまらなかったよ」

アレクサンドラはぽっと頬を染めた。そして、ドクターの言葉には応えずにほほえんだ。「居間でお酒をいただけますか？」

しばらくして、三人は居間で食後のコーヒーを飲んでいた。やがて、ミス・スラムズが猫のようすを見てくると言って席をはずした。ドクターは伯母を見送ってからドアを閉め、アレクサンドラのところに戻ってきて腰を下ろした。

つらいことはいっきに終わらせてしまいたいと思い、アレクサンドラは自分から切り出した。「私の仕事もこれで終わりですね。気兼ねなさらずにくびにしてくださっていいんですよ。私もこれで実家に帰って、クリスマスの分ものんびりできますから」

ドクターとは目を合わせなかった。「荷物はもうまとめました。あとは、どうやって帰ったらいいか教えていただければけっこうです」

ドクターはすぐには口を開かなかった。待ちきれなくなったアレクサンドラが顔を上げると、ドクターはほほえんでいた。「君はぜんぜんわかっていないんだな。実は、君の今後に関して提案があるんだ。聞きたいかい？」

アレクサンドラはうなずいた。どうしようもないほど胸がどきどきしている。頭の中をとりとめもない考えが駆けめぐっていた。

「今朝友人の医者と話したんだが、ロッテルダムの病院で、回復室の看護師が足りなくて困っている。ほんの二、三週間だけ、臨時の看護師を雇いたいそうだ。考えてみてくれないかな？　面倒な事務手続きはこちらで全部引き受ける。君は身一つで来てくれればいいそうだ」

「いつからですか？」アレクサンドラは精いっぱい事務的な口調で言った。

「できるだけ早く」ドクターはゆったりとほほえんだ。「君がいないと寂しくなるな」

アレクサンドラはそのほほえみを無視した。「明日には出発できます」

「すばらしい。僕が車で送っていこう。ここからは四十キロ程度だ。八時では早すぎるかな？」

一刻も早く追い出したくてしかたがないらしい。アレクサンドラは悲しい気持ちを抑え、きびきびと答えた。「大丈夫です。一時的な勤務なんですね？」

「ああ、二週間か、長くて三週間だ。給料はいい。寮に部屋を用意してくれるそうだし、言葉の心配もない。病院のスタッフのほとんどは、ある程度英語を話せる」ドクターは彼女の顔を見つめた。「アレクサンドラ、君は今も彼のことを考えたりするかい？」

アレクサンドラは驚きのあまり、しばらく言葉を失った。「アンソニーのこと？　まさか。なぜそんなことをおききになるんです？」

ドクターは肩をすくめた。「とくに理由はない」彼は腰を上げた。「そろそろ行かなければ。それじゃ、朝食のときに会おう。おやすみ」

アレクサンドラも小さくおやすみなさいとつぶやいた。ドクターにおやすみの挨拶をするのは、これが最後になるかもしれない。彼女は沈んだ気持ちで考えた。その一方で、ドクターが自分を追い出す手際のよさに半ば感心していた。自分からあんなふうに切り出したものの、心の底では、イギリスに戻る前にせめて一日くらいはゆっくりするようにと言ってくれるものとばかり思っていたのだ。ドクターは私のことを好きなのだと、根拠のない幻想すら抱いていた。実際のところは、できるだけ早く追い出したかったのに。

頭の中に途方もない考えがわいてきた。ひょっとしたら、ペニーはまだ帰国していないのかもしれない。今もドクターはペニーに会いに出かけたのかもしれない。あるいは……。そこでミス・スラムズが現れ、アレクサンドラの突拍子もない想像はさえぎられた。ミス・スラムズは編み物を手に腰を下ろし、ごくふつうの調子で、明日の朝は何時に発つのかと尋ねた。

「ご存じだったんですか」アレクサンドラは驚いた。「伯母様にも話していたくらいなら、なぜドクターはもっと早く私に言ってくださらなかったのかしら」

「男というものは、気持ちを決めるまでに時間がかかるものなんですよ」ミス・スラムズは言った。「そして、いったん決めてしまうと、この世のどんな力をもってしても、変えることはできないの。それが関係者全員にとってどんなに気まずいことでもね。ターロからこの話を聞いたのは夕食の前なのよ。あなたはこの提案を受け入れるだろうかって相談されたわ」

「それにしても、オランダ人の看護師がいくらでも見つかりそうな気がしますけど。私のことなら、明日の朝イギリスに帰したほうがずっと簡単じゃありません？」

ミス・スラムズがうめいた。どうとでもとれるようなうめき方だった。「ターロはきっと、せっかくのいい機会だから、あなたに多少なりともオランダを見せてあげたいと思ったんでしょうね。ロッテルダムにもすてきな店がいくつかあるのよ。まあ、私としてはハーグのほうが好きだけれど。アムステルダムも美しい町よ。もっとも、最近では若い人向けの店が多くなってしまったわ。それでも、まだまだすばらしい場所はたくさんあるの。ハーグへ行く機会があるといいわね」ミス・スラムズは次々とまくしたて、アレクサンドラに口をはさむ余地を与えなかった。「ハーグにはかわいいティールームがいくつもあるのよ。ケーキがそれはおいしくてね。まあ、イギリスのマフィンやケーキには及ばないけれど」

なぜ今マフィンの話をしなければならないのだろうと思いながら、アレクサンドラはうなずいた。ミス・スラムズに尋ねたいことは山ほどあったが、ケーキの話の合間にいきなり切り出すのははばかられた。ミス・スラムズはしばらくこの話題を続けるつもりのようで、アレクサンドラはほんの数分間でハーグについての知識を山ほど得た。

すると突然、ミス・スラムズが話題を変えた。「私は妹をそれは大事に思っていたのよ。ターロの母親のことですけどね」アレクサンドラは、今までの話はほんの前置きだったと気づいた。「妹がまだ生きている間、よくここへ来たわ。前にも言ったとおり、ターロの父親は健在よ。あなたも会えばきっと気が合うでしょうね。今はターロの姉を訪ねていて留守なんだけれど、ふだんはデ・カーグに住んでいるの。あなたももう知っているわね。このすぐ近くにある村よ」「ターロは本当にやんちゃな子供だったわ」ミス・スラムズは編み物をする手を休めた。「ターロは本当にやんちゃな子供だったわ」懐かしそうにつぶやいてから、唐突に言った。「そろそろ寝ましょうか」

翌朝、アレクサンドラは早めに朝食に下りた。驚いたことに、ミス・スラムズもちょうど廊下に出てきた。ドクターはすでにテーブルについて郵便物に目を通していた。二人の姿を見ると、彼はいったん腰を上げ、朝の挨拶をしてから、ペットのようすを報告した。そして、トーストとコーヒーの朝食をさっさとすませ、一言言い残して席を立った。「五分で出発できるかい？」

　アレクサンドラは持て余していたトーストを置き、コーヒーを半分残したまま食事を終えた。食欲はまったくなかった。新しい仕事が不安なわけではない。この屋敷を出て、もう二度とドクター・ファン・ドレッセルハイスと会えないと思うと、胸が締めつけられるようだった。ミス・スラムズにこの胸の内を打ち明けられたら、どんなに楽だろうか。しばらくためらったあと、彼女はこわばった声で言った。

「ミス・スラムズ、あなたと過ごした時間は、その一分一秒まで本当に楽しかった。ご親切は生涯忘れません。あなたのコテージや庭のことも」思わずため息がもれた。「なにもかもまるで蜘蛛の巣の朝（コブウェブ・モーニング）みたい」こんな突拍子もないことを言っても、相手にはとうてい理解できないだろうと思えた。しかし、ミス・スラムズにはわかっていた。

「そうね。まるで夢のような時間だった。特別な人と一緒にいるときにはそう感じられるものですよ。私もあなたと一緒に過ごせて楽しかったわ。もしも結婚して娘がいたら、そしてそれがあなたのような娘だったら、どんなにすてきだったでしょう。さあ、コートを取っていらっしゃい、アレクサンドラ。ターロを待たせてはいけないわ。今朝はあなたを送ったあと、講義があるはずだから」

　二階から玄関ホールへ下りたとき、そこにはにぎやかな顔ぶれがそろっていた。ドクター・ファン・ドレッセルハイスとミス・スラムズに加え、ピーテルとネル、料理係のベット、庭の手入れをしているやさしい老人の姿もある。アレクサンドラは全員と握手をした。最後にミス・スラムズが彼女の頬にキスをし、必ずまた会えると請け合った。

　ドクターのそばに行くと、彼はきびきびと言った。

「別れの挨拶はそれくらいにして、そろそろ行こうか」

　アレクサンドラはドクターに追いたてられるようにして外へ出た。少し感傷的になっていた気分も、彼の冷たい言葉でいっきに醒めた。最後に全員に手を振ってから、ロールスロイスの助手席に乗りこんだ。そして、話がしたいなら、そっちから話しかけてくればいいと、じっと押し黙っていた。あいにく、ドクターのほうは明らかに話したいようすではない。車は沈黙に包まれたまま、高速道路を突き進んでいった。

　道のりのちょうど中ほど、ハーグの郊外まで来たころで、彼はようやく口を開いた。「お金は十分あるのかい？」

　予想もしていなかった言葉だった。これまでもらった給料はほとんど手をつけていないものの、ロッテルダムで一人で行動するとなれば、その大部分を使い果たしてしまうかもしれない。だが、そうだとしても、所持金にはまだかなり余裕があった。「ええ、ありがとうございます」アレクサンドラはそう答え、窓の外に目をやった。

　デルフトに差しかかるまで、ドクターはまたずっと黙っていた。デルフトの町は、高速道路から少し離れたところにあった。朝の灰色の空に教会の尖塔や鐘楼がそびえているのを見て、アレクサンドラは興味を引かれた。「このあたりに来る路線バスもありますよね？」休日のことを考えながら言った。

「デルフトを見てまわりたいのかい？　なかなか趣のある町だよ。もちろん、僕はライデンのほうが好きだが。君もライデンは気に入ったかい？」

「これまで見た限りではすてきな町でしたわ」

ドクターは低い声で笑った。「かわいそうなミス・ドブズ。ずいぶんと味けない生活を強いられたものだ。せめて帰る前に、少しは観光もするといい。そのあとは実家に帰るんだろう？」

「ええ、たぶん。仕事をさがさなければなりませんけど」

「どこでさがすんだい？」

「ロンドンです」

それについては、ドクターはなにも言わなかった。

「その先の建物が病院だ」

病院は近代的な高層ビルだった。ドクターは正面玄関の前に車をとめ、アレクサンドラを中まで送ってきた。ロビーは広々として、フラワーショップや売店やカフェテリアもある。

エレベーターに乗りこんだところで、彼は言った。

「君の職場は六階だ。ドクター・フィスケが待っているだろう」

エレベーターのドアが開き、二人は大きな窓のある広々とした廊下に出た。ドクターはドアの一つをノックし、アレクサンドラを中へ促した。

デスクの向こうにいる男性は、年齢はドクター・ファン・ドレッセルハイスと同じくらいだが、彼と比べると小柄で痩せていた。彼は立ちあがると英語で挨拶をした。そして、アレクサンドラの仕事について手短に説明し、彼女が気に入ったかのようにうれしそうにうなずいた。「今日も遅番のシフトに入れるかい？　その前にまずコーヒーでも飲もう。ここでは勤務はシフト制なんだ。今日は昼から九時までが勤務時間になる。細かいことは、あとでホーフト・ズステルに説明してもらおう。ここでの生活を楽しんでくれればと願っているよ、ミス・ドブズ」

コーヒーが運ばれてきて、医師二人はアレクサンドラに一言詫びてから、オランダ語でしばらく話していた。そのあと、それを埋め合わせるかのように、ドクター・フィスケは彼女にオランダの印象などを尋ねた。アレクサンドラはにこやかに答えながらも、ドクター・ファン・ドレッセルハイスに講義の予定が入っているというミス・スラムズの言葉を思い出した。そこで、早めに退散したほうがいいだろうと、寮の部屋で荷物の整理をしたいと申し出た。数分後には、背の高いブロンドの看護師に案内され、下りのエレベーターに乗っていた。

これまでドクター・ファン・ドレッセルハイスとの別れの場面を想像しては、なんと言ったらいいのだろう、ドクターになんと言われるのだろうと気をもんでいたものの、その心配はまったく無用だった。アレクサンドラはただ彼と握手をし、さようならと言っただけだった。ドクター・フィスケが温かく見守る前では、それ以外に言いようがなかった。ドクター・ファン・ドレッセルハイスのほうも少しも残念そうなそぶりを見せず、にこやかに挨拶しただけだ。たぶん、厄介払いできてほっとしているのだろう。だが、もうそんなことをあれこれ思い悩んでもしかたがない。アレクサンドラは悲しい気持ちを振り払い、案内の看護師のあとについて看護師寮へ向かった。

部屋にはすでにスーツケースが運びこまれていた。案内の看護師は英語に堪能で、アレクサンドラが着替えをしている間、病院について細かく説明してくれた。白衣を着てキャップをかぶるまでには、大事なことはすべて頭に入っていた。イギリスとそれほど変わらない。アレクサンドラはかすかにホームシックを覚えた。しかし、それも妙な話だった。ロッテルダムにいるのは短期間だけだし、オランダの病院の実務が間近で見られる、またとない機会なのだ。

数時間後、そのほとんどがイギリスと同じことがわかった。違いがあるとすれば、周囲に飛び交っているのがオランダ語だという点だけだ。使っている機器も同じで、看護師の業務もイギリスと変わりはない。医師は全員、看護師もその大半は英語を話すことができる。その晩、勤務時間が終わったときはさすがに疲れていたものの、少なくとも新しい仕事への不安は抱かずにすんだ。

翌朝は八時からの勤務だった。四時半には自由になるので、ロッテルダムの町を少しだけ見てまわることにした。ドクターのことを忘れるには、できるだけ暇な時間がないようにしたほうがいい。観光名所については、昼食のときに同僚の看護師たちが口々に教えてくれた。ボイマンス博物館や第二次大戦の戦災を免れた市庁舎など、見るものはたくさんありそうだ。看護師の一人が案内を買って出てくれたのだが、結局急な任務で抜けられなくなり、アレクサンドラは一人で出かけることになった。みんなのアドバイスで情報はたっぷり得ていたので、まったく問題はなかった。まずは、コールシンゲル通りにある旧市庁舎からだ。

ところが、ひとたび病院から外へ出ると、どこもかしこも人であふれ、ありとあらゆる方向から車が押し寄せてくるほどの混雑だった。まずはどうにか人の波に押されて通りを一本渡ったものの、その先にはもう一本渡らなければならない道路がある。信号待ちの歩道は人でごった返していた。アレクサンドラは周囲から押されたり肘でこづかれそうになるのをなんとかよけながら、この調子で踏みつけられたら、ブーツがたちまちぼろぼろになりそうだと思った。そうこうするうちにだれかに肘をつかまれ、引っぱられた。振りほどこうとしたものの、びくともしない。しかたなく、自由なほうの手で相手の指を引きはがそうとした。しかし、今度はその手をやさしく握られ、アレクサンドラは驚いた。

「放さないよ」うしろからドクター・ファン・ドレッセルハイスの声がした。「この人込みだ。放したら最後、二度と君を見つけられなくなる」彼はアレクサンドラの横に立った。「どこへ行くつもりなんだい？」

「散歩よ」アレクサンドラは胸が苦しくなってきた。

ドクターは愉快そうに笑った。「ロッテルダムのラッシュアワーに？」周囲の人々が突然前に動きだした。その流れに取り残されたと思った瞬間、今度は反対側から来た群衆にのまれた。ドクターはアレクサンドラの向きを変えさせ、あっという間に病院側の歩道に連れ戻した。

「たった今、ここから渡ったところなのに」

「車はこっちにあるんだ。腹は減っているかい？」

空腹だったが、そんなものに屈する気はなかった。ドクターにはすでにさよならを言ったのだ。もう一度つらい別れの場面を繰り返すなんてまっぴらだった。「今夜の予定はもう決めてあるんです」

「それは偶然だな。僕ももう決めてあるんだ。フラールディンゲンという町に、いいレストランがある。景色もいいし、料理もうまい」ドクターはほほえんだ。「車はここだよ」彼はいとも簡単にアレクサンドラを導き、助手席に乗せた。

アレクサンドラは抵抗する間もなかったものの、車内でもう一度反論を試みた。「ドクター・ファン・ドレッセルハイス、ご親切はありがたいんですが、昨日、ちゃんとお別れを言いましたし……」

「ターロと呼んでくれ。なぜそんなことにこだわるのかわからないな。だいいち、君は言ったかもしれないが、僕のほうは言っていない。ただ一緒に食事をするだけだよ。問題はないだろう？」ドクターは慣れたハンドルさばきで、混雑した道路になめらかに車を進めていく。「食事でもしながら、君に病院の感想を聞きたいんだ。伯母からのメッセージもある。君がいなくなって寂しいそうだよ。必ず伝えてくれと念を押された。みんな恋しがっている」

アレクサンドラは少しリラックスした。「ブッチは元気？　ニブルズとキキは？」

「元気だよ。ブッチは肩に痣ができていた。たぶん鉄パイプをくくりつけられるときに当たったんだろう。このところ、怪我のせいで甘やかされたものだから、すっかり図にのってしまっているよ。猫たちは君のおかげでどこも問題はなかった」彼はさらに続けた。「ペニーについて二、三、問い合わせてみたよ」

「無事でしたか？」

「恋人のところへ戻ったようだ。警察からいろいろと事情聴取をされるだろうな」

車はフラールディンゲンに入った。町と町との距離は思いのほか近かった。「ペニーと話しました？」

ドクターは横目でアレクサンドラの方をちらりと見た。「いや、本人とは話していない」車はゆっくりと川の方へ下っていく。「さあ、着いたぞ」彼は車をとめた。アレクサンドラはレストランに入りながら、彼はもうペニーの話はしないつもりだと悟った。少なくとも今夜のところは。

二人は五階のバーで、川を行き交う船を眺めながら、ゆったりと食前酒を飲んだ。アレクサンドラはおしゃれをしてこなかったことを少し悔やんだ。コートを脱いだとき、セーターとスカートを見おろして、申し訳なさそうに言った。「こんな格好でごめんなさい。まさか、レストランで食事をすることになるとは思わなかったから」

「いや、とてもすてきだよ」ありきたりの慰めの言葉だったが、ドクターが言うと、心からそう思っているように聞こえた。アレクサンドラはにっこりし、くつろいだ気分になった。

うなぎの燻製のトースト添えに始まったディナーは、すばらしかった。オルロフ風ステーキのメインディッシュのあと、アレクサンドラはフルーツやホイップクリームを混ぜたアイスクリームをデザートに選び、ドクターはチーズの盛り合わせを注文した。二人はゆっくりと時間をかけて食事をし、さらに時間をかけてコーヒーを飲んだ。アレクサンドラはドクターの選んだドイツ産の白ワインでほろ酔い加減になり、今夜が終わったら、彼と二度と会えないことも忘れて楽しんでいた。

しかし、帰り道には酔いも醒め、アレクサンドラの口数も少なくなった。ドクターが尋ねた。「疲れたのかい？　ずいぶん遅くまでつき合わせてしまったね」

「疲れてなんかいません」アレクサンドラはあわてて言った。「とってもすてきな晩だったわ」そこで口をつぐんだ。ほかになんと言ったらいいのか、思いつかなかった。

ロッテルダムまでの十数キロはあまりにも短く、数分しかかからなかった。ドクターは病院の正面玄関の前に車をとめ、看護師寮の入口まで送ってくれた。

「本当にすてきな晩でした。ありがとう。さよなら」

ドクターがアレクサンドラの手を取った。「木曜日の九時に迎えに来る。早すぎるかい？」

「木曜日？」アレクサンドラはあっけにとられて目をぱちくりさせた。「木曜日は……」

「休みだろう、木曜日と金曜日は。僕の家に来てくれないか、ミス・ドブズ。僕はライデンに行かなければならないが、伯母が君に会いたがっていてね」

いったんわきあがった喜びはすぐに引いていった。ドクターはただ親切にしてくれているだけなのだ。断ろうかと迷ったものの、すぐにミス・スラムズのことを思い出した。ミス・スラムズと一緒に過ごせば気が休まるかもしれない。「ご親切にありがとうございます」アレクサンドラはわざと落ち着いた口調で答えた。「また伯母様にお会いできるなんて楽しみだわ」そして、手を引き抜こうとしたが、ドクターは放さなかった。

「僕と会うことも楽しみにしてくれるといいんだが」ドクターはそう言うと、かがみこんで彼女にキスをした。「もう手を引っこめていいよ。おやすみ」

それに対してなんと応じたかは、アレクサンドラは自分でもよく覚えていなかった。階段をのぼって部屋に入り、夢見るような気分にひたりながら服を着替えた。頭の中にさまざまな思いが浮かんでは消える。このぶんでは、とても眠れそうにない。ベッドに入り、今夜の出来事を一つ一つ思い出した。ドクターが口にした一言一言を、もう一度味わうようによみがえらせた。それから五分もしないうちに、彼女は眠りに落ちていた。

8

木曜日は三日先だった。冬の朝の光の中で白衣を身につけていたアレクサンドラには、それまでの時間が退屈で味けないものに感じられた。しかし、いったん食堂へ行き、トーストやチーズを食べながらコーヒーを飲むと、気分はすっかり明るくなった。同僚はみんな親切で、学校で習った英語を並べては、互いの間違いを笑い合った。そしてアレクサンドラに、オランダ語を覚えるようにしきりに勧めた。

その日は手術の件数が多く、手術前の患者を麻酔室へ連れていったり、手術後の患者を回復室へ運びこんだりするのに忙しくて、自分のことを考えている暇はなかった。アレクサンドラは、ここでは看護師次長として働いていた。セント・ジョブズ病院での看護師長の職務から考えると、むしろ新鮮で楽しかった。

アレクサンドラが勤務を終えたのは四時半だった。そのあと、同僚の看護師たちに連れられてロッテルダムの町へ繰り出した。ライデンに比べるとかなり現代的な趣だが、店のショーウインドーを眺めてまわるのはなかなか楽しかった。やがて一行は小さなカフェに入り、コーヒーを飲んだ。

「あまりおしゃれな店じゃないけど」案内役のヘーレンが言った。「値段は手ごろだし、コーヒーもおいしいの。この町には高級レストランもたくさんあるのよ。でも、値段は目が飛び出るほど高いの。あなたはもうそういうところに行った？」

「昨日とてもすてきなレストランに行ったわ。フラールディンゲンの〈デルタ〉っていう店よ」

ヘーレンは目を輝かせた。「超がつく高級レストランじゃないの。もちろん、だれかに連れていってもらったんでしょう？」彼女はにっこりした。「ドクター・ファン・ドレッセルハイスね。あなたが彼のところで付添看護師をしていたことはみんな知っているのよ。彼、私たちの憧れの的なの。やさしいし、すてきだし、おまけにとってもお金持ちだし」

アレクサンドラはそれを聞いてうれしくなったが、うわべはあくまで平静を装った。「でも、ときどききつい言い方をすることがあるでしょう。なにをするにも自分のやり方じゃないと気がすまないし」

ヘーレンは肩をすくめて笑った。「男の人ってみんなそうじゃない？ それに、一度でも〈デルタ〉みたいな店に連れていってくれるなら、どんなにきつい言い方をされたってかまわないわ」彼女は身を乗り出した。「ねえ、教えて。〈デルタ〉でなにを食べたの？」

おしゃべりを楽しんだあと、アレクサンドラたちはバスで寮に戻り、ちょうど帰ってきた遅番の看護師たちとまたコーヒーを飲んだ。翌日はアレクサンドラが遅番だった。朝寝坊をしてゆっくり朝食をとったものの、手紙を書き、髪を洗ったら、もう出かける時間だった。勤務を終えたのは九時過ぎで、すっかり疲れ果て、入浴をすませるなりベッドに倒れこんだ。その翌日は九時から五時の勤務で、いくらか楽だった。そして、木曜日がやってきた。

アレクサンドラは朝早くに起き出し、念入りに髪を整えて化粧をしたあと、廊下の先のキッチンへ行って紅茶をいれた。待ち合わせには少し遅れて行くつもりだった。いかにも心待ちにしていたように思われたくなかった。だが、約束の時間が近づいてくると、遅れることなどとてもできなかった。たぶんドクターは今日も予定がびっしりつまっているだろう。だとしたら、少しでも長く一緒に過ごすためには、間に合うように出たほうがいい。

通りの向かいのカリヨンが正時を告げるメロディを奏でるのと同時に、アレクサンドラは病院の正面玄関を出た。外にはドクターのロールスロイスがとまっていた。彼は前方に目を向けている。こちらを見ていないのをいいことに、ほんの数秒、その横顔を観察した。険しい表情で、眉間にしわを寄せている。しかし、こちらを向き、彼女の姿に気がつくと、眉間のしわは消え、口元に笑みが浮かんだ。

ドクターはいったん車から降りてアレクサンドラのスーツケースを後部座席に積み、彼女を助手席に乗せた。「いい子だ」彼は運転席に乗りこみながら言った。「待ち合わせというのは遅れるものと思っているタイプじゃなくてよかったよ」

「おはようございます。もし遅れたら、待っていてくれました？」

「その質問の答えは少し考えさせてもらおう」ドク

ターは朝のラッシュアワーの道路になめらかに車を進めていく。「今日もすてきだよ」彼はアレクサンドラの方を見ずに言った。

アレクサンドラは思わず笑った。「なぜわかるんです？　私のことなんかろくに見ていないのに」

「そう思うかい？　君はツイードのコートと、例のおかしな毛糸の帽子をかぶっている。君にはよく似合うがね。それから、隣町まで届きそうなほど長いマフラーと革のブーツ、ショルダーバッグ。髪が帽子に隠れて見えないのは残念だな。そして、病院の正面玄関から出るとき、僕はまだ来ていないだろうという顔をしていた」

アレクサンドラは目をまるくしてドクターを見た。

「まさか、そんなに細かく見るなんて不可能だわ」

「いや、見たよ」車はすでにハイウェイを走っている。デルフトの美しい町並みが前方に見えた。冷たく澄んだ空気のせいで、遠くの景色が妙に近くに感じられる。「君はロバート・バーンズを読むかい？」

「いいえ、ほとんど読んだことはありません。どうしてですか？」

「今のこの会話にぴったりな詩を、少なくとも二つは思いつく」ドクターは少しスピードをゆるめた。

「さあ、デルフトに着いたよ」

ロバート・バーンズのどんな詩のことを言っているのだろう？　アレクサンドラは好奇心に駆られたが、ドクターはそれ以上説明してくれそうになかった。そこでしかたなく窓の外を眺めながら尋ねた。

「ご自宅に帰ったら、すぐにお出かけになるんですか？」

「ああ、残念ながらね。でも、行き先はライデンだから、夕方には家に帰る。午前中は自分の診療所で患者を診て、午後は病院へ行くんだ」

「お昼はどうなさるんです？」

「サンドイッチでも食べるよ」

「それじゃ、とても足りないわ」

ドクターは笑った。「僕の健康を心配してくれているのかい、アレクサンドラ？　僕の知る限りでは、そんな気遣いを見せてくれたのは初めてだな」

アレクサンドラはとっさに否定したくなるのをぐっとこらえた。そして、わけもなく急に泣きだしたくなった。おばかさんね。彼女は自分を叱りつけた。ちゃんと感情を抑制することを覚えるのよ。ドクターが求めているのは、べたべたしない気軽なつき合いなんだから。彼女は軽い口調で言った。「いえ、あなたの患者さんのことを心配しているんです。おなかがすくと、不機嫌になるから」

「僕が？　まいったな。そうなのか？　自分ではまったく気がつかなかった」

「あなたがそうだと言っているわけじゃないわ。ただ、一般論として……」

「君と初めて出会ったとき、僕はあまり感じよくなかったね」

思いがけない言葉に、アレクサンドラはとっさになんと応えればいいのか考えつかなかった。「まあ、あのときは、ほかにいろいろとご心配がおありだったから。それに、私のこともどういう人間かご存じなかったし」

ドクターはかすかな声をもらした。

それが笑い声なのかどうか、アレクサンドラにははっきりとわからなかった。だが、ここはとりあえず話題を変えたほうがよさそうだと判断した。「ペニーはどうしているのかしら？」とくに知りたいわけでもなかったが、ドクターはすぐに答えた。

「今朝、彼女から手紙が届いたよ。恋人のところに戻って大切にされているそうだが、真偽のほどは疑わしいな。君がまだこちらにいるのか気にしていた。それから、君にこう伝えてくれと書いてあった。最後に言ったことを覚えていてほしいと。君にはわかるかい?」彼はアレクサンドラの返事を待たずに続けた。「なかなか興味深い手紙だったよ。君が僕に熱をあげているとも書いてあったな」

アレクサンドラは頬がかっと熱くなるのを感じた。ええ、そうよ！ そう叫びたくなるのを必死にこらえる。「なんて突拍子もないことを言いだすのかしら。まあ、ペニーは冗談が好きだったから」

いらだたしいことに、ドクターは言った。「それは残念だ。熱をあげているのなら、なかなかおもしろいことになるかもしれないのに。まあ、とにかく今はそんなことを考えている暇はないな」

車は屋敷に到着した。それからものの五分とたたないうちに、ドクターはまた出かけていった。そっけなく手を振って出ていく彼を見送って、アレクサンドラはたまらなく寂しい気持ちになった。

二階に上がり、部屋で荷物をほどきながら、アレクサンドラはみんな自分がいけないのだと悟った。

ミス・スラムズはうれしそうに迎えてくれたし、ピーテルも温かくほほえみかけてくれた。ドクターだってこの屋敷の主人として歓迎してくれている。それ以上のことを期待するほうがおかしいのだ。

一日は快適に過ぎていった。ミス・スラムズと一緒に庭や温室をぶらぶらし、動物たちとたわむれた。昼食のあとは、ミス・スラムズが〝食後の運動〟と呼ぶ散歩につき合った。

「ターロのところに今朝手紙がきたそうよ」裏門から小道へと出ながら、ミス・スラムズが言った。「もちろん、あなたにはもう話したでしょうね」

なぜ〝もちろん〟なのかは、アレクサンドラにはよくわからなかった。「はい、聞きました」

「妙な手紙だったわ。ペニーは賢い子よ。悪賢いと言ったほうがいいかしら。あなたの家がどこか知りたがっていたわね。ターロが教えるわけはないけれど。まあ、一週間かそこらでターロへの熱も冷めるでしょうし、そうすればあなたのことも忘れるでしょう。でも今のところは、あなたはペニーにとって憎らしいライバルなのよ。自分でもわかっているわよね？」

「ええ。でも、理由はよくわかりません。彼女と張り合うつもりなんて、まったく……」

「そうでしょうね。でも、ペニーにとってはそんなことはどうでもいいのよ。彼女はあなたを自分の計画の妨げだと考えたんだと思うわ。たぶん、一生あなたのことを許さないんじゃないかしら。でも、たとえペニーがちょっとしたいやがらせを計画したとしても、あなたがここにいる限り実行することはできないわ。あなたがイギリスに帰るころには、復讐心もおさまっているでしょうし」

アレクサンドラは足をとめ、ミス・スラムズを見た。「だからドクターはロッテルダムの仕事を紹介してくださったんですか？　私をオランダにとどまらせるために？」

ミス・スラムズはほほえんだ。「まあ、理由の一つではあるでしょうね。それに、そうすればあなたにオランダをもっと見せてあげられるし。もっとも、前にも言ったとおり、私はあまりロッテルダムは好きじゃないけど」

「私もです」アレクサンドラはまた歩きだした。「そこまで考えてくださるなんて、ドクターは本当に親切ですね。私はぜんぜん気がつかなかった」

ミス・スラムズはなにも言わずにほほえんだだけだった。

散歩から戻って紅茶を飲み、そのあとも暖炉の前に座って暖かさにひたっていると、ドクターが帰ってきた。「おかえりなさい」ミス・スラムズがにこやかに言った。「お茶をいれ替えてきましょうか」

「ピーテルが新しいのを運んでくれるよ。ありがとう」ドクターはそう言ってアレクサンドラの向かいに座った。「楽しい一日だったかい？」

「ええ、とっても。なにもすることがないってすてきだわ。セント・ジョブズ病院でどれほど忙しくしていたかすっかり忘れていたけど、この数日でまた思い出しました。もっとも、私は忙しくしているのが好きなんですけど」

　紅茶が運ばれてきて、三人はしばらくたわいもないおしゃべりをした。やがて、ミス・スラムズが言った。「部屋に刺繍を取りに行ってくるわ。この年になると、時間をむだにするのがもったいなく思えてね」

「私が取ってきますわ」アレクサンドラはなぜか、ドクターと二人きりになるのが不安だった。

「刺繍は口実だ。伯母さんは、僕たちが二人きりで話したいだろうと気をきかせてくれたんだよ」ドクターが耳打ちした。

　アレクサンドラは足元に目を落とした。自信たっぷりのドクターに、気のきいた言葉を返してやることはできないものかと考えたが、すぐにあきらめた。ミス・スラムズはすでに居間を出ようとしていて、ドクターは伯母のためにドアを開けている。そうだ、ちょうどいい機会だから、おとなしく彼の言葉に従うような女ではないことを態度で示そう。アレクサンドラはさっと立ちあがり、ミス・スラムズに続いてドアから出ようとした。だが、すでに遅かった。ドクターはアレクサンドラが半分まで行かないうちにドアを閉め、彼女の腕を取って椅子のところまで連れ戻して座らせた。

「なぜあわてて逃げ出そうとするんだい？」彼は穏やかに言った。

「別に逃げ出そうとしているんじゃありません。わ、私は……」

　ドクターがほほえみかけた。胸がきゅんとなるようなやさしい笑みだった。「君はかわいいね」彼は静かにささやいた。

　こんなまなざしで見つめられたら、とてもまともに考えることなどできない。私がかわいい？　アレクサンドラは思わずほほえんだ。ドクターが椅子から立ちあがって彼女をそっと立たせ、キスをしたとき、彼にキスを返すのはあまりにも自然に思えた。

「伯母さんはこういう〝おしゃべり〟がしたいだろうと気をきかせてくれたんだ」ドクターはアレクサンドラの髪に唇をつけてささやいた。「僕もずいぶん前からこうしたいと思っていた」

　ドクターが再びアレクサンドラの唇に口づけしたとき、電話が鳴った。彼は急ぐでもなくゆっくりとキスをしてから、彼女から離れて電話に出た。

「君にだ」ドクターはそう言うと、アレクサンドラに受話器を渡してソファに腰を下ろした。

　兄からの電話だった。「久しぶりね、エドモンド」アレクサンドラはうれしそうに出たものの、兄が言いよどんでいる気配を感じて、たちまち不安になった。「どうしたの？　なにかあったの？」

　兄の話では、母が麻疹（はしか）にかかって苦しんでいるので、少しの間だけでも帰国できないかということだった。

「お母さんが麻疹？」アレクサンドラは驚いた。

「このあたりで大流行しているんだよ。だから付添看護師を雇うこともできないんだ」

　アレクサンドラにはすぐに状況が把握できた。大流行ということになれば、父も兄も息つく間もないほど大忙しなのだろう。次兄のジェフはブリストルだし、弟のジムは農場の研修で忙しい。家に掃除をしに来てくれる年配の家政婦はいるものの、病人の世話や食事の支度までまかせるのはとても無理だ。

　アレクサンドラは眉根を寄せ、ドクターの方を見た。彼は臆面（おくめん）もなく電話の会話を聞いている。

　ドクターは言った。「すぐ帰ってあげなさい。明日でいいかい？　病院には僕が連絡しておこう。スキポール空港まで車で送るよ。午前中の飛行機に乗れば、お茶の時間までには帰れる。お兄さんにそう言いなさい」

「本当にいいんですか？」数分後、受話器を置いてから、アレクサンドラはもう一度尋ねた。

「もちろんだよ。すぐに飛行機の予約を入れよう」

それがすむと、ドクターはまた暖炉のそばに座った。しかし、ソファのアレクサンドラの隣ではなく、暖炉を隔てた肘掛け椅子を選んだ。ほんの数分前、二人を包んでいた魔法のような雰囲気は、すでに消え去っていた。

その晩、ドクターは親切な友人として、旅に関するアドバイスをいろいろとしてくれた。おやすみなさいを言う段になって、明日の朝空港へ送っていくからと念を押したあと、伯母に向かって言い添えた。

「伯母さんもご一緒にとお誘いしたいところですが、なにぶん朝早いのでね」

送ってくれるとはいっても、別に二人きりでなくてもいいのだろう。アレクサンドラはますます気持ちが沈んだ。

スキポール空港へは三十分とかからなかった。アレクサンドラは寝不足でいらいらしていた。飛行機に遅れたらどうしよう？　母の病状が思ったよりも重かったらどうしよう？　そしてなにより、ドクター・ファン・ドレッセルハイスに見捨てられたような気がして不安でならなかった。一言でいい、なにか希望の持てるようなことを言ってくれたら……。

ドクターがようやく口を開いたのは、空港に到着してからだった。車を降り、アレクサンドラのスーツケースを取り出しながら彼は言った。「今日はまさかこんなことになるとは思わなかった。あれこれ手をまわして、僕も一日休みをとったんだ。君と一緒に過ごそうと思ってね。それなのに、今はこうして朝一番で君を送り出そうとしている」

ドクターはアレクサンドラの腕を取ってチェックインカウンターへ連れていき、彼女の荷物を預けた。ロンドン行きの便の出発を告げる無機質なアナウンスが響く。あと五分しかない。アレクサンドラは子供のように途方にくれた。「ターロ、私、もう行かなくちゃ。なにもかもめまぐるしくて……」

「むしろこのほうがいいんだよ」ドクターは彼女の肩に手を置いた。「さよなら、アレクサンドラ」

キスは力強く、短かった。それからドクターはアレクサンドラをそっと搭乗ゲートの方へ押しやった。アレクサンドラはエスカレーターに乗ると、振り向いて手を振った。こんなふうに行かせるドクターの気持ちがまったくわからなかった。もう二度と会わないつもりなの？　先の話は一言もしていない。彼は私の実家の住所すら知らないはずよ。

アレクサンドラは自分でもなにをしているのかよくわからないまま、飛行機に乗りこんだ。ひょっとしたら、彼は深入りする前に別れられたことにほっとしているのかもしれない。私のほうは一生忘れられないほど深入りしてしまっているというのに……。飛行機の窓から外を眺め、客室乗務員がくれたキャンディをなめながら、このまま死んでしまいたいとさえ思った。

静かなオランダの田舎町にいたあとでは、ロンドンの喧騒は味けなく感じられた。ウォータールー駅でウエスト・カントリー行きの列車を待つ人々の列に並びながら、アレクサンドラはペーパーバックを取り出した。

すると、突然名前を呼ばれ、びっくりして顔を上げた。一メートルほど先で、アンソニー・フェリスが同じように驚いた顔でアレクサンドラを見ていた。彼はすぐに近づいてきた。「アレクサンドラ！　まさかこんなところで会うとはね。あの患者につき添っているんじゃなかったのかい？」

「彼女ならもうすっかりよくなったわ」アンソニーとはとくに話すこともなかったが、アレクサンドラは失礼にならないように答えた。「あなたは元気だったの？」

アンソニーは長々と自分の話をした。彼が世界は自分を中心にまわっていると考えるタイプだったことを思い出し、アレクサンドラはしばらく静かに聞いていた。なにか言おうにも、口をはさむ余地はなかった。彼がひととおり話しおえ、ここでいったいなにをしているのかと尋ねたところで、アレクサンドラはようやく口を開いた。「一、二週間、故郷に帰るのよ」

「ドーセットへ？　僕もちょうど二、三日休みをとろうかと思っていたところなんだ。一緒に行こうかな。二人で出かけたら楽しそうじゃないか。昔のようにしみでね」

「そんな時間はないの」アレクサンドラは冷ややかに言った。「母の具合が悪いのよ」

「だったら、よけい息抜きをしないと。君の故郷を案内してくれよ」

あなたと一緒に過ごすつもりはないと言おうとしたとき、周囲の人々がいっせいに前へ動きだした。

「それじゃまた、アレクサンドラ」駅の騒音に負けじと、アンソニーが声を張りあげた。

アレクサンドラはほっとしてため息をついた。こんなところで彼にでくわすとは、なんてついていないのだろう。とにかく逃れられてよかった。

アレクサンドラは足取りも軽くプラットホームを急いだ。駅の人込みの中にもう一人、自分がよく知る人物がいたことにはまったく気づいていなかった。アレクサンドラとアンソニーが話しているところを、ペニーが興味津々のまなざしで眺めていたのだ。

ドーチェスターの駅には父が迎えに来てくれてい

た。父は表情に疲労の色をにじませながらも、アレクサンドラを抱き締め、快活に言った。「母さんはずいぶんよくなってきたよ。一時は本当に心配したんだが。もちろん、体はまだ消耗しきっている。こうしておまえが帰ってきてくれれば、起きて料理をするなどとばかなことは言いださなくなるだろう。ミセス・ペッツもなんとかがんばってくれているんだ。缶詰を開けたりしてね。でも、母さんのことだから、ちょっと焦げたにおいがしただけで、寝ていられなくなってしまうんだよ」

家に帰り着き、母の寝室へ行くと、顔じゅう発疹だらけの母が涙ながらに言った。「まったく、どうしてあなたを呼び戻したりしたのかしら。せっかくいい仕事についていたのに。私のことならもう大丈夫なのよ」母は涙に濡れた顔で笑った。「でも、来てくれてうれしいわ」

アレクサンドラはコートをベッドのフットボードにかけ、母親をじっくりと眺めた。「私も家に帰れてほっとしているの。いい仕事といったって、せいぜいあと一週間だったんですもの。次の看護師が来るまでの臨時雇いなのよ」

母は腫れぼったいまぶたの下から娘を見た。「ドクター・ファン・ドレッセルハイスとまた会う予定は？」

「その可能性はないわね」そう言ったとたん、悲しみが胸を貫いた。「今朝ちゃんとお別れを言ってきたわ。ドクターは空港まで送ってくれたの」アレクサンドラはなんとか笑みを浮かべた。「すぐにお茶をいれるわね。お父さんにも、仕事に出かける前になにか出してあげなくちゃ。そのあと荷物を整理したら、夕食の支度に取りかかるわ。食欲はある？」

母は顔をしかめた。「食べ物のことなんて、考えるだけでもいや」

「そんなこと言わないで、私の手料理を楽しみに待っていて」アレクサンドラはベッドを整えた。「鍋(なべ)を火にかけたらまた来るわ。たっぷり噂(うわさ)話をしましょう」

そんな調子で数日が過ぎていった。アレクサンドラは知恵をしぼって母の食欲がわきそうな凝った料理を考え、同時に、父親と弟のためにボリュームたっぷりの食事を用意した。さらに、何事にも大ざっぱながら朗らかなミセス・ペッツの助けを借りて家事全般をこなしていると、自由になる時間はほとんどなかった。母は麻疹の影響で目が弱り、読書もできない状態なので、アレクサンドラは暇を見つけてはそばに行って相手をした。幸い、発疹は乾いて硬くなり、心配していた合併症の兆候も見られない。完治するのは時間の問題だった。

ある日、父親が看護師向けの雑誌を持ち帰ってきてくれた。アレクサンドラはそこに出ていた求人広告を見て、何件か郵送で申し込みをした。しかし、本当のところを言えば、そのどれにもあまり気は進まなかった。ロンドンで働くことには、もはや魅力を感じなくなっていた。かといって、地方の小さな病院で働きたいわけでもない。ひょっとして海外に行けば、また新鮮な体験ができるかもしれない。彼女はもう一度雑誌を手に取り、求人広告に目を走らせた。海外からの募集も何件かあった。オーストラリア、中央アフリカ、ニュージーランド。それで、そのすべてに申し込みの書類を送った。

アンソニーが訪ねてきたのは、帰国して一週間がたったころだった。玄関のベルが鳴り、セールスマンか、あるいは父の患者だろうかと思いながらドアを開けたアレクサンドラは、彼の顔を見て唖然(あぜん)とした。

「驚いたかい？」アンソニーはにっこりした。「君に息抜きをさせに来るって言ったじゃないか。本当にそうしてあげないといけないような顔だな」彼は分厚いセーターとスラックス姿のアレクサンドラをしげしげと眺めた。髪はうしろで一つにまとめ、化粧もしていない。「中に入れてくれないのかい？」アレクサンドラが中に招き入れると、アンソニーはばかにしたような目で周囲を見まわした。裏のドアを開けっぱなしにしているので、冷たい風が吹きこんでくる。彼はいらだたしげに言った。「いつもこんなに寒いのかい？　これじゃ凍えてしまうよ」

アレクサンドラはドアを閉めに行ってから、できる限り礼儀正しい口調で言った。「アンソニー、私になにか用があったのかしら？」

「言っただろう、気分転換をさせてあげようと思ったって」

「それはどうもご親切に。でも、その必要はないわ。この間も言ったとおり、母の具合が悪いの。だから一日じゅう忙しくしているけど、それはそれで楽しんでいるわ」アレクサンドラはアンソニーを居間へ案内した。

古びてはいるものの家庭的で心地よい居間を、アンソニーはやはりばかにしたように眺めまわしてから、暖炉に近づき、両手を火にかざした。

「コーヒーでもいれましょうか？」アレクサンドラは精いっぱい礼儀正しさを保とうとして言った。

「せめて昼食くらいはごちそうしてくれると思ったんだけどな」

アレクサンドラはためらった。もうすぐ父とジムが昼食をとりに戻ってくる。キッチンでは実だくさんのシチューが火にかかっていて、突然客が来ても困らないだけの量はある。招かれざる客とはいえ、昼食を出さないで追い返すのは失礼だろう。

「喜んで昼食をお出しするわ」アレクサンドラは静かに言い、コーヒーをいれにキッチンへ行った。

トレイを持って居間に戻ったとき、アンソニーはすでにコートを脱ぎ、父の指定席ですっかりくつろいでいた。

とくに話をするでもなくアンソニーとコーヒーを飲んだあと、アレクサンドラは再び居間を出た。

「母に午前のお茶を持っていってくるわ。このところ、母は昼前に一、二時間、ベッドから出ることにしているの。よかったら、コーヒーのおかわりはご自由にどうぞ」

母は階段の上で手すりから身を乗り出すようにして一階のようすをうかがっていた。発疹は残っているものの、だいぶ血色のよくなった顔は好奇心で輝いている。

「だれかいらしているの？」アレクサンドラが寝室に連れ戻すなり、母は尋ねた。「例のすてきなドクター？」

アレクサンドラは、まるで自分の娘を眺めるようなまなざしでロマンチストの母親を見た。「いいえ。残念ながらアンソニー・フェリスよ」

母はアレクサンドラから麦芽飲料のカップを受け取ると、不愉快そうに顔をしかめた。「喧嘩(けんか)別れしたんじゃなかったの？」

アレクサンドラはここへ来る途中、駅で偶然アンソニーに会ったことを説明し、ため息をついた。

「ねえ、お母さん、アンソニーはお昼をごちそうしてくれって言うの。居間で我が物顔にくつろいでるわ。どうやったらうまく追い出せると思う？」

母は少し考えていた。「お昼を食べてすぐに帰らないようなら、私が気分が悪くなったって言って、あなたを呼ぶわ。それでいいんじゃない？」

「そうね。でも、そんなことで気をきかせて帰るかしら？」

「だったら、お父様に追い払ってもらえばいいわ」

母はきっぱりと言った。二人は顔を見合わせてくすくす笑った。父は、嫌いな人間に対しては遠慮会釈なくその感情を表現するほうなのだ。

アレクサンドラは再び階下に戻り、十分ほどアンソニーの話し相手をしたあと、昼食の支度があるからと席を立った。実際には、とくにすることもなかった。料理はどれもできあがっている。デザートのプディングも鍋の中で蒸しあがっている。彼女はキッチンのテーブルについて林檎をかじりながら、失礼にならずにここにこもっていられるのは何分くらいだろうかと考えた。

やがてアレクサンドラはしぶしぶ居間に戻った。ダイニングルームのテーブルセッティングもあっという間にすんでしまい、することがなくなったのだ。父のシェリー酒とグラスをトレイにのせ、居間へ運んでいくと、アンソニーは相変わらず暖炉の前でくつろぎ、『タイムズ』を読んでいた。アレクサンドラに気づいて顔を上げた彼は、新聞を乱雑にたたみながら言った。「やっと来たか。言いたくはないけど、ちょっと冷たいんじゃないのか？」どうやら腹を立てているらしい。

「だって、私たちの仲はとうの昔に冷たくなっているじゃないの」アレクサンドラはずけずけと言った。「それに、忙しいことはあらかじめ言ってあるはずよ」彼女はテーブルにトレイを置いた。「じゃがいもを準備するから、飲み物は自分でついで」

キッチンにいると、また玄関のベルの音が響いた。かなりしつこく鳴っている。今度はいったいだれだろう？　これ以上客がふえてはかなわない。アレクサンドラは憂鬱な気分で玄関へ向かった。しかしそこでは、居間から出てきたアンソニーがすでにドアを開けて客を迎え入れているところだった。入ってきたのは、よりにもよってドクター・ファン・ドレッセルハイスだった。

9

アンソニーと並んでいると、ドクター・ファン・ドレッセルハイスの長身がいっそう際立った。彼はアンソニーには目もくれず、アレクサンドラの方を見ていた。コートの前から、中に着た仕立てのいいダークスーツがのぞいている。その姿はまさに、成功した男そのものだった。古びたツイードのスーツなど生まれてから一度も着たことがなく、モーリス一〇〇〇を運転するくらいなら死んだほうがましだと言いそうなタイプに見える。アレクサンドラはにっこりとほほえみかけ、喜びに震える声で〝いらっしゃい〟と言った。だが、そこでようやく、彼がひどく怒っているのに気がついた。

「おはよう、ミス・ドブズ」ドクターの冷ややかな口調に、アレクサンドラの胸にわきあがった喜びはいっきに凍りついた。

　それでも、彼女は気丈にほほえみかけた。「驚いたわ」

「そのようだな」見るからに険悪な雰囲気だ。「やはりペニーの言うとおりだった」

「ペニー？　いったいなんのこと？」

「言葉につまるなんて、君らしくもない」

「だって、こんなに驚くことはめったにないもの」

「確かに」

　ドクターがなにを言いたいのか、アレクサンドラにはまったくわからなかった。

　ドクターはうなり、いらだったようにアンソニーを見た。「君はここに滞在しているのか？」

　アンソニーが警戒するような表情で答えた。「ええ、そのつもりです」

その一言で、アレクサンドラの堪忍袋の緒が切れた。

「あらそうなの？」彼女はアンソニーにくってかかった。「どうしてよりによって……」今度はドクター・ファン・ドレッセルハイスに怒りの表情を向ける。「だいたい、ペニーからなにを聞いたって言うんです？」

ドクターが答える前に、階段の上から母の声がした。好奇心を上手に隠しながらも、その声は興奮に震えていた。「アレクサンドラ、お客様なら居間に入っていただいたら？　そこでは寒いでしょう」

アレクサンドラは恥ずかしさに頬を染めた。「はい、お母さん」そして、二人の紳士を居間に通し、震える手でドクター・ファン・ドレッセルハイスと自分の分のシェリーをついだ。アンソニーは何事もなかったかのようにシェリーを飲みつづけている。

「それじゃ、ちゃんと説明していただけます？　いきなり言いがかりを――」

父の肘掛け椅子に腰を下ろしたドクターが、アレクサンドラの言葉をさえぎった。「君たちはウォータールー駅で会っていたそうだな」

アレクサンドラは驚いてドクターの顔を見やり、とっさに言った。「なぜ知っているの？」

ドクターはシェリーを一口飲み、脚を組んだ。彼のことをよく知らない者の目には、すっかりくつろいだようすに映るかもしれない。彼は静かに言った。「最後に二人でおしゃべりしたときのことを覚えているかい、アレクサンドラ？」

あの晩のことを、だれが忘れられるというのだろう。アレクサンドラは頬をほてらせ、アンソニーの方をちらりとうかがってから答えた。「ええ」

ドクターはアレクサンドラの薔薇色の頬を眺めている。「だったら君にも理解できるだろう。僕がちょっと……」少し間があった。「驚いていることが」

彼は射るような目でアレクサンドラの顔を見つめた。「君がイギリスに帰るなり、待ち合わせをしているとは……」ドクターはそこでアンソニーに目を向けた。まるで、まだいたのかと驚いているようなまなざしだ。「失礼だが、名前はなんだったかな?」アンソニーがフェリスだと答えると、ドクターは続けた。「そう、ミスター・フェリスだ。このところ、物忘れがひどくて困る」

「ぜんぜん忘れてなんかいないくせに」アレクサンドラはむっとしてつぶやいた。

「確かに」ドクターは平然として言い返した。「君だって記憶力は悪いほうじゃない。なのに、僕らのおしゃべりを忘れかけていたとは、君にとっては重要じゃなかったということだ」彼は意地悪そうにほほえんでから、またアンソニーに注意を向けた。「君は休暇で来ているのか?」教授が医学生に質問しているような口調だった。

「あ、ええ、いや、ちょっとアレクサンドラを訪ねてみようと思って。忙しいと言っていたから、気分転換をさせてあげようかと。僕らは前からの友人なんです」

ドクターは眉を上げた。「ほう」

アレクサンドラはシェリーを飲みほした。からっぽの胃袋が温まり、もうどうにでもなれという気分になった。「ねえ、こんなのうんざりだわ。なんなの? いきなり人の家に押しかけてきて、あれこれ問いつめて。これとペニーとなんの関係があるのか、まだわからないんですけど。だいたい、どうして訪ねてきたりしたの?」アンソニーのことはすっかり忘れて、ドクター・ファン・ドレッセルハイスをにらんだ。

ドクターは腰を上げた。アレクサンドラはいきおい、首が痛くなるほど仰向いて彼を見あげなければならなくなった。ドクターは静かに言った。「君に

二、三、質問するくらいの権利はあるんじゃないかと思ったんだよ。ここに来たのは、ペニーから手紙で知らされたからだ。君が若い男と待ち合わせしていたと。荷物に囲まれていたところを見ると、二人で列車に乗るところのようだったとね。僕は最初、その話を信じなかった。だが、とりあえず自分の目で確かめてみようと思ったんだ。どうやら、ペニーにしては珍しく真実を書いていたようだな」
「手紙でお尋ねになればよかったのに」

「手紙も書いたさ」ドクターはそっけなく笑った。「一ダースは書いたかな。全部破って捨てた。僕が言いたいことは、手紙なんかで伝えられるものじゃない。ましてや電話などではね。だからこうして君に直接会う機会を待っていたというわけだ。僕がいずれ会いに来ることくらい、君だってわかっていただろう」彼は皮肉っぽい笑みを浮かべた。「それとも、すべては僕の勘違いだったのかな？」

アレクサンドラはアンソニーの方を見た。彼にも割りこまないだけの分別はあるようだが、席をはずすほどには気がまわらず、あんぐりと口を開けて聞き入っている。「どうしてこういうことになるの」アレクサンドラは悲痛な声をあげた。「ターロ……」

そのとき、玄関のドアが開く音がした。

少し間があってから、父が入ってきた。あっけにとられている父に二人の来客を紹介する以外、道はなかった。アレクサンドラは父の分のシェリーをつぎ、ドクター・ファン・ドレッセルハイスに昼食を食べていくよう勧めた。しかし、ドクターの顔をちらりと見た瞬間、胸の奥が震えるようなショックを覚えた。そこにはとてつもなく冷たく、よそよそしい表情が浮かんでいた。彼は冷淡にほほえみながら昼食の誘いを断り、彼女の父と言葉を交わしてから、いとまを告げた。アレクサンドラに、寒いからわざわざ見送りに出なくてもいいと念を押すことも忘れなかった。

アレクサンドラはさよならを言うことすらできなかった。ただ凍りついたようにその場に立ち尽くしていた。

やがて、アンソニーが尋ねた。「どうしたんだ? 顔色が真っ青だぞ」

アレクサンドラは彼に怒りの矛先を向けた。「そんなわけないじゃないの。めったにないくらいのいい気分よ。いいから黙って座ってて。食事の支度をしてくるから。食べおわったらすぐに帰ってね。もう二度とお会いするつもりはありませんから」

アレクサンドラは部屋を飛び出し、キッチンのドアをばたんと閉めた。五分後、彼女はダイニングルームにシチューを入れた大きな深皿を運び、父親の前に置いた。

「お母さんの分を運んでくるわね。私のことは待たないで召しあがっていて。お母さんが食べおわるまで、ついていたいの。私はジムが帰ってきたら一緒に食べるわ」アレクサンドラは父親に訴えかけるようなまなざしを向けた。「なんだか食欲がなくて」

その説明を聞いて、ドクター・ドブズは内心驚いた。ミセス・ドブズはこのところ食欲もすっかり戻り、そばについていなくても一人で食事ができる。

一方、アレクサンドラに食欲がないとは、いつもの娘からすればまったく考えられないことだった。なにか悲しいことでもあったに違いない。少なくとも、今日の前で自慢話を並べたてているこの若者が原因でないのは確かなようだ。おそらくあのオランダ人だろう。ドクター・ドブズは、彼のことを一目見るなり好感を抱いた。

やがてミセス・ペッツがプディングとコーヒーを運んできた。ドクター・ドブズは大急ぎでそれをかきこみ、午後の診察があるからと席を立った。これ以上、この若者の長話につき合わされてはかなわない。「ここでは麻疹が大流行しているんだよ。おかげでこっちは大忙しだ。ゆっくり話もできなくて申し訳ない。アレクサンドラは、いつもどおり母親に新聞を読んでやっているんだろう。しばらくは戻らないと思うが、食事がすんだらわざわざ挨拶のために待たないでいいよ。娘には私から伝えておこう」

アンソニーはそれを聞いて好都合だと思った。彼にしてみれば意外なことだったが、アレクサンドラに脈がないのは、今日の態度ではっきりした。切り替えの早い彼は、ドブズ家をあとにするなり、すでに外科の新任看護師長のことを考えていた。美しさではアレクサンドラの足元にも及ばないものの、自分をヒーローのようにあがめてくれる。今から車を飛ばせば、夕方にはロンドンに着く。彼女をデートに誘ってみよう。とりあえずは食事が妥当だろう。あまり高級な店でなくてもいい。なにしろ、こちらは輝かしい未来のある身だ。時間も金も、むだにするわけにはいかないのだから。

ドクター・ドブズは階段を二段ずつ駆けあがり、妻の寝室の前まで行くと、慎重に中のようすをうかがった。娘がどんな具合か心配だった。アレクサンドラは窓際に腰を下ろし、母親のために『デイリー・テレグラフ』を読んでいた。その声がとても明るく元気がよかったので、ドクター・ドブズは妻に向かって問いかけるように眉を上げた。妻は彼に警告するような顔をしてみせてから、お客はどうしたのかと尋ねた。

「ロンドンに帰ったよ。なかなかおもしろい若者だな。かなりの自信家だ。私にとっては人生最悪の昼食だったよ。もう一人のほう……名前はなんと言ったか……彼のほうが残ってくれればよかったのに。あの男はなかなかいい。しかし、どうしてもオランダに戻ると言うんだ。せめて一、二時間休んでいくように言ったんだが、気は変わらなかった。いい車に乗っていたな」ドクター・ドブズは娘の方をちらりと見てから、もう一度妻に視線を戻した。「ロールスロイスだ。アレクサンドラ、おまえは貧乏医師だと言っていたじゃないか」

　アレクサンドラはぶっきらぼうに答えた。「そうだと思ったのよ。オランダへ行って、初めて知ったわ。麻酔の権威なんですって。世界じゅうで講演をしているみたいよ」

「そうか。だったら、おまえもまた会う機会があるかもしれないな」

　アレクサンドラは立ちあがり、新聞を無造作にほうり出してドアに向かった。「いいえ、もう会うことはないわ。ぜったいにないから」

　アレクサンドラの両親は、娘が足を踏み鳴らして階段を下り、続いてキッチンのドアがばたんと閉まるのを聞いていた。「いったいなにがあったんだね？」ドクター・ドブズは妻に尋ねた。

　妻は首を横に振った。「さあ、二人が……あのおかしな青年のほうじゃなくて、アレクサンドラとオランダ人のドクターがなにか言い合っていたところに、あなたが帰っていらしたんですよ。ドクターはオランダにお帰りになったの？」

「ああ。私に会えてとてもうれしいと言っていたよ。それから、君にくれぐれもよろしくということだった」

　ミセス・ドブズはにっこりした。「まあ、それはすてきね。今どきちょっと古風だけど、すてきだわ。その方なら、アレクサンドラともうまくやってくださるでしょう」

　ドクター・ドブズはロマンチストの妻をいとおしむようにほほえんだ。「君も今聞いただろう？　二人はもう会うことはないんだよ」

「ご冗談でしょ」ミセス・ドブズの言い方は、娘とそっくりだった。「ともあれ、私のほうはおかげさまでずいぶん気分がよくなったわ。明日から家の中をぶらぶらさせてもらいますね」

「いや、無理して起き出したところで、することはなにもないよ」

「することがなにもないなんて、そんなの夢のまた夢ですよ」ミセス・ドブズは言った。

その言葉どおり、ミセス・ドブズはそれからの数日間で家事の実権を取り戻した。おかげでアレクサンドラはすることがほとんどなくなった。これまでに問い合わせの手紙を送った医療機関からは、その返事として応募書類が送られてきていた。しかたなく、暇つぶしにその書類を埋めることにした。オーストラリア西部に、この沈んだ気持ちにぴったりくるような最果ての病院があった。封筒に切手を貼ろうとしたそのとき、表に車がとまる音がした。アレクサンドラは思わず胸をときめかせて窓辺へ行き、確かめた。希望というのは、なかなか消えてはくれないものだ。この数日、彼女はそのことをいやというほど実感していた。

車種はモーリス一〇〇〇だった。運転席にはミス・スラムズが座っている。

アレクサンドラはドアを開け、庭へ飛び出した。

「まあ、よく来てくださいました」再びミス・スラムズに会えて、彼女は心の底から喜んでいた。「今夜は泊まっていらっしゃるでしょう？　両親もきっと喜びます。さあ、中へお入りになって」

ミス・スラムズはにっこりしながらも、アレクサンドラの疲れた顔を鋭い目で観察した。「また会えてうれしいわ。ご両親とお会いするのもとても楽しみよ」

アレクサンドラはミス・スラムズを居間へ案内した。暖炉の前でうたた寝をしていた母は、すぐに目を覚ました。母とミス・スラムズはまたたく間に意気投合し、旧知の仲のようにおしゃべりを始めた。

アレクサンドラは湯をわかしにキッチンへ行った。

お茶の時間にはまだ早いものの、午前中に焼いたスコーンがあった。お客と母に紅茶とスコーンを出し、自分は暖炉のそばの床に腰を下ろした。

「今お母様とお話ししていたところなのよ」ミス・スラムズが言った。「今日はお母様にお願いがあって来たの。手紙を書いてもよかったのだけど、病気をなさったばかりだから、どんなごようすか、まずはこの目で確かめたほうがいいんじゃないかと思って。すっかり回復なさって、本当によかったわ。そこでずうずうしくも、あなたをしばらくお借りできないかしらってお願いしたの。ほんの少しの間だけ。この先どんな予定かはわからないけれど、一週間くらいならなんとかなるでしょう？　二、三日前にオランダから帰ってきたところで、寂しくてしかたないのよ。あなたがしばらくうちで過ごしてくれたら、気分も明るくなると思うわ。お仕事が見つかるまでの間だけでもどうかしら？」

アレクサンドラはティーカップを置いた。ミス・スラムズは本当に寂しそうだ。しかし、返事をする前に確かめなければならないことがある。「今はご自宅にお一人なんですか？」

「ええ。今回は自分でモーリスを運転して帰ってきたの。ターロはそれは忙しくて、あちこち飛びまわっているわ」彼女はミセス・ドブズに目を向けた。「甥は世界各国で講演しているんです。今はドイツ……それともオーストリアだったかしら」

アレクサンドラのかわりに、母が返事をした。「ちょうどいいわ。アレクサンドラは家に帰ってきてから、ほとんど楽しみもなかったんですよ。家事をしたり、私の看病をしたりで」

「私がいなくなったら、お母さんはまた無理をするでしょう？」アレクサンドラの声には、知らず知らずのうちに期待がこもっていた。ドクター・ファン・ドレッセルハイスには会えないとしても、彼を愛するミス・スラムズといろいろ話ができたら、おおいに慰めになるのではないかと思えた。

「無理はしないと約束するわ」

「それじゃ、ぜひおじゃまさせていただきます」アレクサンドラは言った。「一週間くらいなら。問い合わせた病院からひととおり返事がくるまで、まだ一、二週間はありますから。おうかがいするのは、いつがいいですか？」

ミス・スラムズは口元に浮かんだ笑みを隠すために皿に目を落とした。「私と一緒に来たら？」

「それはいいですけど、今日じゃないですよね」

「もちろんよ」母が言った。「一晩お泊まりになってくださいな、ミス・スラムズ。主人もお会いしたいでしょうし。明日の朝出発なさればいいわ」

アレクサンドラの母とミス・スラムズはうなずき合い、紅茶を飲みながらたわいもない世間話を始めた。ドクター・ファン・ドレッセルハイスの話は一言も出なかった。しばらくして、アレクサンドラは客用寝室のベッドを準備しに行った。娘の足音が遠のいたところで、ミセス・ドブズは満足げに言った。

「ミス・スラムズ、あなたが来てくださって、どんなにうれしいか。実は、二、三おうかがいしたいことがあるんですけどね……」


翌朝、二人はアレクサンドラの運転で出発した。ミス・スラムズは、あなたのほうが運転が上手だからとアレクサンドラにハンドルをゆずったのだ。そして、ひととおり経路を説明してから言った。「あとで運転を替わるわ。地元は私のほうが詳しいから」

途中、小さな村の宿屋で昼食をとったものの、それ以外は軽快に飛ばし、意外なほど早くミス・スラムズの住む村に到着した。アレクサンドラには、ミス・スラムズの大胆で気まぐれな性格がその愛車に乗り移っているように感じられた。

ミス・スラムズは、あたかもアレクサンドラの心を読んだかのように言った。「突然押しかけたりしてごめんなさいね。でも、年寄りというのは、常軌を逸した行動をとるものなんですよ。タローなんて、私がおかしなことをするたびに、また一歩神の領域に近づいたってからかうんだから」アレクサンドラが声をあげて笑うと、ミス・スラムズが続けた。

「あなたの笑顔は本当にいいわ。この前別れたときから、ずっと深刻な顔をしていたでしょう？　きっとお母様のことが心配だったのね」

「はい、ミス・スラムズ」

「麻疹というのは厄介な病気ですものね。年をとってからかかると、とくに」そして、ミセス・スラムズはいとも自然なことのように続けた。「タローはペニーに会えたかしら」

「ペニーに？」アレクサンドラの声は少し震えていた。「なぜです？」

「他人の人生をじゃまするのは彼女自身にとっても時間のむだだということを教えてやるんだそうよ。どこか最果ての地に行って、これ以上みんなの迷惑にならないようにしろと言うつもりらしいわ」

「まさか、そんなこと……それに、ドクターだって彼女を信じていたし……」

それ以上、この話を続けることはできなかった。

「さあ、そろそろ着きますよ」ミス・スラムズはアレクサンドラをさえぎって言った。「あなたを降ろしたら、サンボとローヴァーを引き取りに行ってくるわ。お湯をわかしておいてくれる？　なにか食べながらのんびりおしゃべりしましょう」

暖炉に火が入り、テーブルの準備ができて、ペットたちの食事が終わるまで、アレクサンドラははやる気持ちを抑えながら待たなければならなかった。

二人が暖炉の前に置かれたテーブルをはさんで座ると、ミス・スラムズはこともなげに話の続きを始めた。「ターロはあの娘の言うことなんて信じやしませんよ。多少なりとも思考力のある人間なら、だれだってそうでしょう。確かに、ターロはものすごい剣幕でしたよ。別れた直後に、愛する女性がほかの男と旅行に出たなんて聞かされたら、男ならだれだって怒りに我を忘れてしまうでしょう。ちょっと考えればわかりそうなものなのに、あの子も憤りのあまりそれができなくなっていたのね。さらに悪いことには、仕事のせいで、すぐに飛んでいって確かめることもできなかった。あなたがちょうど例の若者と会っているところにでくわしてしまったのは、不運以外の何物でもなかったわ。その話はひととおり聞いていますよ」彼女は紅茶のおかわりをついだ。「それからの二日間、ターロはがむしゃらに働いていたわ。三日目に、私はもう家に帰ると言ったのだけど、ターロにはそれすらちゃんと耳に入っていなかったみたい。別れの挨拶はしても、私が出ていったことなんてまったく意識になかったのよ」

アレクサンドラは卵の殻を割った。「もちろん気がついていらしたと思いますよ。ドクターは伯母様のことが大好きだから」

「そうね。あの子はあなたのことも大好きなのよ。大好きなんて言葉では足りないでしょうけれど」

アレクサンドラは半熟卵を慎重にすくった。手がかすかに震えていた。「そんなんじゃありません。彼、いきなり家に押しかけてきて、それは意地悪だったんです。私のことを軽蔑しているみたいに笑って……」

「あの子は癇癪を起こすと、手がつけられないのよ」ミス・スラムズがなだめるように言った。「ふだんはちゃんと抑えているのだけれど。私の経験から言って、怒りが激しくなればなるほど、よけいに尊大で冷淡な態度をとるみたい。あの子の父親もそうだったのよ。でも、妹はいつも上手になだめていたわ。きっとあなたもそれができるようになりますよ」

アレクサンドラはトーストにむせそうになった。

「なにをおっしゃるんです。ドクターはもう私になんか会うつもりはありません。自分から出ていったんですもの。こっちはお昼をどうぞってお誘いしたのに」彼女はいじめられた子供のように訴えた。「気味が悪いほど礼儀正しかったわ。むしろどなったりしてくれたら、こっちだって……」紅茶を飲み、こわばった口調で続ける。「もう彼の話はやめません？　そうだわ、私、オーストラリア西部の病院の募集広告に応募したんです。それがなかなかおもしろそうなんですよ」

「私も若いころに暮らしたことがあるわ。パース郊外の牧場でね。そこの牧場主と婚約していたの。妙な国でしたよ。でも、すばらしいところがたくさんあった。この国でなら一生暮らせると思ったわ」

「でも、そうなさらなかったんですか？」

「彼が大戦で戦死してしまったの。イタリアでね。私は故郷に戻ってきて、ばらばらになった人生を、また一つ一つ拾い集めた。その時分、タ一ロの母親がそれは力になってくれたわ。ターロはまだ小さくて……。でも、私たちはそのころからずっと親友だったのよ。ターロの姉たちもかわいいけれど、やはりいちばんのお気に入りはターロね」ミス・スラムズはケーキをひと切れ皿に取った。「あら、ごめんなさい。ターロの話はしない約束だったわね。明日はなにをしましょうか？」

毎日が平穏に過ぎていった。村へ買い物に行き、犬を散歩させ、教区の牧師をお茶に招き、移動図書館で本を借りた。そうした日々のたわいもない出来事がアレクサンドラの心を癒してくれた。相変わらず血色は悪く、目の下の隈ができているものの、少なくともミス・スラムズの前では元気にしていた。しかし、耳のいいミス・スラムズは、夜中に彼女の部屋から聞こえてくるくぐもった泣き声に気がついていた。一週間ほどしたところで、アレクサンドラはオーストラリアの病院から面接の通知を受け取った。ミス・スラムズは彼女に卵を買いに行かせ、その隙に電話に手を伸ばした。

翌朝は久しぶりに雨がやんでいた。曇り空で、風は強いものの、洗濯物を乾かすには十分だ。アレクサンドラは自ら洗濯を買って出た。キッチンの隣の洗濯小屋で、ミス・スラムズの古いレインコートをはおり、ぶかぶかのゴム長靴をはいて仕事に没頭した。それがすむと、バスケットいっぱいの洗濯物を庭のはずれの物干し場に運び、干していった。

タオルをきれいに並べたあと、シーツを手にして顔を上げたとき、すぐそばにドクター・ファン・ドレッセルハイスがいた。彼との距離は驚くほど近かった。例の古びたツイードのスーツとシープスキンのジャケットを着こんでいる。アレクサンドラはとっさに、自分の会いたい気持ちが見せた幻に違いないと思い、目を閉じた。そのとき、一陣の突風が吹いてきて、彼女のピンを飛ばし、髪が顔にかかった。アレクサンドラは髪を払いのけて目を開けた。ドクターはさらに近づいていた。

彼は風に負けじと声を張りあげ、ほほえんだ。

「僕のかわいいミス・ドブズ」

アレクサンドラはうろたえた。「そんなふうにお呼びにならないでください」

ドクターはまた一歩近づいてきて、濡れたシーツをアレクサンドラの手から取りあげ、無造作に干した。「だったら、そう呼ぶのはよそう。前々から言っているが、ミス・ドブズは君には似合わない。できれば、ミセス・ファン・ドレッセルハイスに変えてほしいな」

風はさらに激しく吹き荒れ、冷たい雨も混じっている。シーツは飛ばされ、家庭菜園の土に落ちた。アレクサンドラはちらりと目をやったものの、そんなものに気をとられている場合ではないと判断し、静かに言った。「もうお会いできないと思っていました」

「どうしたらそんなことがありうるんだ？　この世のなによりも君を愛しているのに」ドクターはアレクサンドラを抱き寄せ、濡れた髪を彼女の顔から払いのけた。

「あなたはてっきりペニーのことが好きなんだとばかり……」アレクサンドラは彼のジャケットに顔をうずめて言った。

「一度もそんなふうに感じたことはない。彼女を気の毒には思ったが、それは君だって同じだろう？　もっとも、回復するにしたがって、なにか妙だと感じるようになったがね。実は、その間じゅうずっと君のことを考えていたんだ。でも、自分でなかなか認めることができなかった。君をペニーの付添看護師として呼んだときも、本当は君を近くに置くための口実だったのに、自分では気づかないふりをしていた。ただ、あの朝……あの蜘蛛の巣の朝（コブウェブ・モーニング）を覚えているかい？　あのときようやく、君こそが僕の待っていた女性だと悟ったんだ。そして、もう少しで君に告白するところだった」

「ああ、ターロ、どうしてそうしてくださらなかったの？　熟れて木から落ちる林檎（りんご）みたいに、あなたの手の中にころがりこんでくるのを待っていらしたんですか？」

ドクターはアレクサンドラの濡れた髪にキスをした。「それを言うなら、熟れて落ちる李（すもも）じゃなかったかな？　いずれにせよ、君は林檎にも李にも見えない」彼は笑い、彼女の顎に手を添えてキスをした。

雨が激しく降りはじめていることには、二人ともまったく気づかなかった。

「今日はなぜいらしたの？」唇が離れたとき、アレクサンドラは息を整えながらきいた。

「このところ、伯母さんから毎日のように電話があったんだ。昨日、君がオーストラリアに行ってしまうと聞かされて、あわてて飛んできた」

アレクサンドラは少し考えてから、すねたように尋ねた。「どうしてこんなに長くほうっておいたの？　なぜもっと早くに会いに来てくださらなかったんですか？」

ドクターに熱いキスをされ、アレクサンドラはもう質問の答えなどどうでもよくなった。けれど、キスがすむと、彼はちゃんと答えた。「仕事だよ。ほかにかわりがいなかった。君の実家へ行ったときは、なにもかも専任医にまかせていったが、四十八時間が限度だった。そもそも、いきなり訪ねたりするべきじゃなかったな。だが、ペニーが嘘をついているのはわかっていたから、確かめずにはいられなかったんだ」

「怒っていらしたじゃないですか」

「当然さ。それこそ君を愛している証拠だろう？」

アレクサンドラは今までまったく気づかなかった。そして今、ドクターの腕の中で、ようやくすべてを理解した。彼女はドクターを見あげてほほえんだ。

「私、きっとひどい格好ね」濡れた髪は頭にぺったりと張りついているに違いない。ミス・スラムズの古いレインコートは、雨粒ははじいてくれても、見栄えという点ではかなり問題がある。

ドクターがアレクサンドラの顔をじっと見つめた。「きれいだよ。僕の目には、君はいつだってきれいだ」

本当ならお礼を言うべきところだったが、アレクサンドラは照れ隠しに尋ねた。「すぐに戻らなくてもいいんでしょう？」

「今夜戻る。君も一緒に来るんだよ、アレクサンドラ。できるだけ早く、式の手配をしなければならないからね。来てくれるかい？」

「ええ、もちろんよ、ターロ」

ドクターはアレクサンドラの肩に腕をまわし、コテージに向かって歩きだした。雨も風も、二人にはまったく気にならなかった。むしろ、ひそかにこの悪天候を楽しんでいた。二人の間には、いずれやんちゃな男の子が生まれて、風や雨をものともせずに暴れまわるだろう。その子の父親と同じように……。アレクサンドラは未来を想像し、くすりと笑った。

ドクターが足をとめて言った。「なにを笑っているんだい？」

「ちょっと考え事をしていたの。そのうち話すわ。とっても楽しいこと」

彼の口元にも笑みが浮かんだ。「僕は忍耐強いほうだが、そう長くは待てないぞ」

「長靴をはいた小さな男の子たちのことを思い浮かべていたの」アレクサンドラがそう言うと、ドクターはうれしそうに彼女を抱きあげ、ぐるぐるまわした。それから地面に下ろし、また口づけした。二人が裏口にたどり着くまで、風は激しく吹きつけていた。

アレクサンドラは最後にもう一度、風が吹き荒れる灰色の景色を眺め、うっとりしたようにささやいた。「ねえ、ターロ、なんて気持ちのいい朝なのかしら」

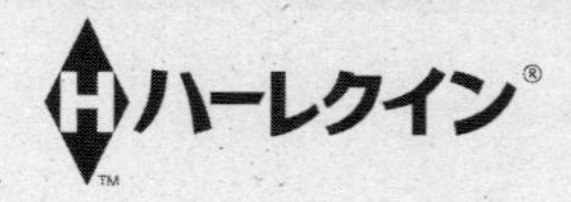

ハーレクイン・イマージュ　2007年8月刊（I-1897）

プロポーズ日和

2025年1月20日発行

著　　者	ベティ・ニールズ
訳　　者	片山真紀（かたやま　まき）
発 行 人	鈴木幸辰
発 行 所	株式会社ハーパーコリンズ・ジャパン 東京都千代田区大手町 1-5-1 電話 04-2951-2000（注文） 0570-008091（読者サービス係）
印刷・製本	大日本印刷株式会社 東京都新宿区市谷加賀町 1-1-1

造本には十分注意しておりますが、乱丁（ページ順序の間違い）・落丁（本文の一部抜け落ち）がありました場合は、お取り替えいたします。ご面倒ですが、購入された書店名を明記の上、小社読者サービス係宛ご送付ください。送料小社負担にてお取り替えいたします。ただし、古書店で購入されたものについてはお取り替えできません。

この書籍の本文は環境対応型の植物油インクを使用して印刷しています。

ISBN978-4-596-72004-7 C0297